하룻낮의 행복

하룻낮의 행복

UNE JOURNÉE DE BONHEUR

PASCAL QUIGNARD

파스칼 키냐르

송의경 옮김

문학과지성사

파스칼 키냐르 Pascal Quignard
1948년 프랑스 노르망디 지방의 베르뇌유쉬르아브르(외르)에서 태어나 1969년에 첫 작품 『말 더듬는 존재』를 출간했다. 어린 시절 앓았던 자폐증과 68혁명의 열기, 뱅센 대학과 사회과학고등연구원에서의 강의 활동, 갈리마르 출판사와의 인연 등이 그의 작품 곳곳의 독특하고 끔찍할 정도로 아름다운 문장과 조화를 이루고 있다. 죽음의 문턱까지 갔다가 귀환한 뒤 글쓰기 방식에 큰 변화를 겪고 쓴 첫 작품 『은밀한 생』으로 1998년 '문인 협회 춘계대상'을 받았으며, 『떠도는 그림자들』로 2002년 공쿠르상 수상의 영예를 안았다. 대표작으로 『로마의 테라스』 『혀끝에서 맴도는 이름』 『섹스와 공포』 『옛날에 대하여』 『심연들』 『빌라 아말리아』 『세상의 모든 아침』 『신비한 결속』 『부테스』 『눈물들』 『우리가 사랑했던 정원에서』 등이 있다.

옮긴이 송의경
서울대학교 불어불문학과를 졸업하고 프랑스 엑상프로방스 대학에서 박사과정을 수료했으며, 이화여자대학교에서 박사학위를 받았다. 키냐르의 작품 『은밀한 생』 『로마의 테라스』 『떠도는 그림자들』 『혀끝에서 맴도는 이름』 『섹스와 공포』 『옛날에 대하여』 『빌라 아말리아』 『신비한 결속』 『부테스』 『눈물들』 『우리가 사랑했던 정원에서』와 그 외에 다수의 문학 작품을 우리말로 옮겼다.

하룻낮의 행복

제1판 제1쇄 2021년 11월 19일

지은이 파스칼 키냐르
옮긴이 송의경
펴낸이 이광호
주간 이근혜
편집 김은주 박솔뫼
펴낸곳 ㈜문학과지성사
등록번호 제1993-000098호
주소 04034 서울 마포구 잔다리로7길 18(서교동 377-20)
전화 02) 338-7224
팩스 02) 323-4180(편집) / 02) 338-7221(영업)
전자우편 moonji@moonji.com
홈페이지 www.moonji.com

ISBN 978-89-320-3917-6 03860

차례

일러두기

1. 이 책은 Pascal Quignard의 *Une Journée de Bonheur*(Paris: Arléa, 2017)를 우리말로 옮긴 것이다.
2. 이 책의 1장은 2013년 11월 22일 금요일, 프랑스의 릴 미술관에서 '꽃들을 죽이기'라는 제목으로 열린 강연을 옮긴 것이다.
3. 본문의 주는 모두 옮긴이가 단 것이다.
4. 외래어 표기는 국립국어원 외래어표기법을 따랐으나, 관습적으로 굳은 표기는 그대로 허용했다.
5. 단행본, 잡지 등 책으로 간주할 수 있는 것은 겹낫표(『 』)로, 책의 일부나 단편소설, 신문, 음악, 미술, 연극 등의 작품명은 홑낫표(「 」)로 표기했다.

1

꽃들을 죽이기

오늘 저녁 어두운 대형 회장會場에 모이신 여러분께 감사드립니다. 저는 일본 여행을 마치고 돌아왔습니다. 화요일에요. 해가 뜨는 곳에서 해가 저무는 것도 물론 잊지 않고 살펴보았답니다. 꽃들이 죽고 안개가 짙어지는 것도 보았고요. 가을이 나뭇가지들 아래 피처럼 질펀하게 퍼져 있었습니다. 걸어가는데 아주 진한 향기가 피어올라 제 몸을 감싸는 느낌이 들더군요. 비를 부르고 확산시키고 추적추적 내리게 하는 냄새였어요. 저는 매혹적인 냄새에 취해 쭈그려 앉았고, 교토의 가쓰라리큐桂離宮*의 단풍나무에서 떨어진 첫번째 낙엽을 줍고,

* 17세기 교토 서쪽 외곽에 지은 황족의 별장. 초기 모습을 거의 완벽하게 지니고 있는 이곳은 일본의 정원과 다도 문화의 극치를 보여준다.

자갈이 깔린 길에서 소원도 빌었지요. 어릴 때부터 저는, 여러분도 그러실 테지만, 숲속(뫼즈강 굽이를 따라가는 아르덴 원시림* 말인데요)을 걸으며 뭔가를 채취하기 좋아합니다. 적어도 이끼버섯을 딴다거나, 나뭇가지의 장과漿果들을 따거나, 다닥다닥 붙은 검은 알갱이들이 짓눌리지 않게 가지를 이리저리 뒤집으며 떨기나무 열매들을 비틀어 따거나, 끝이 뾰족한 부싯돌 몇 개나 알록달록한 석영石英을 몇 개 집어오거나, 다소 유별난 꽃들이 있으면 엄지손톱으로 꼬집어본다든가 하지요. 이 꽃들의 씨앗은 숲을 지나는 사람들의 신발창에 묻어서 혹은 새들의 부리에 쪼여 잔나무들 가운데로 흩어졌어요. 이런 취향은 제가 오래전부터 다루어보고 싶었던 것이랍니다. 그래서 **저의 채취 취향을 다루는** 기회가 고마울 수밖에요.

왜 채취하는 것일까요?

자신도 모르게 몸을 굽혀 땅에서 반짝이는 무엇을, 나뭇잎들 사이로 언뜻 보이는 무엇을, 돌 틈이나 죽은 나무 등걸에서 문득 드러나는 무엇을 파내는 이유는 대체 무엇일까요? 즉

* 삼림으로 우거진 서부 유럽의 고원 지대. 북쪽은 아르덴 산지 내에서 벨기에와 접하고, 남쪽은 샹파뉴 지방의 북부를 포함한다.

시 걸음을 멈추고 꿇어앉아 집어 드는 이유는요? 손을 들어 올리고, 발돋움을 하고, 자르고, 떼어내고, 따는 까닭은요? 이제 막 싹트기 시작하는 것, 가장 애처로운 것, 가장 허약한 것, 가장 아름다운 것, 가장 덧없는 것을 왜 죽이는 것인가요? 가지치기로 나뭇가지의 삶을 단축하고, 해를 향해 멋지고 기이한 성기를 곤두세우는 꽃의 보다 짧은 생애를 끊어버리는 이유는요? 시간이 흐르며 내면에 형성되는 **억누를 수 없는** 사랑처럼 일종의 열정과 집착으로 우리가 유독 어떤 식물들에 더욱 빠져드는 이유는요? 예정된 수정受精도 하지 못하게 서슴없이 식물들을 뽑아내는 이유는요? 미처 발육하기 전이지만 식물이 개화하고 잇따라 열매를 맺게 되는 것을 불가능하게 만들면서 우리는 왜 그토록 마음 편히 기꺼워하는 것일까요?

이와 유사한 행위가 지상에 흩어진 사회에서 제가끔 다른 의미를 지닐 수 있다는 것은 의심의 여지가 없습니다. 세대에서 세대로 전해지고 시대가 바뀌면서 대조적으로 변모된 방식에 따라 말입니다.

이런 관습은 탁월한 전수자들에게 전해지는 것으로, 그런 이들의 신원을 알기란 쉽지 않고, 신분 노출을 원하는지 여부조차 늘 예측할 수 없습니다.

최근 며칠 동안 일본에서 이케다 카를로타,* 다카하시 케이, 오가와 미도리,[†] 하카타 가오루[‡]와 함께 제가 본 것은 저 자신의 취향에 대해서뿐만 아니라 오래된 관습에 대해서도 많은 가르침을 주었습니다.

이제 저는 보편화된 동작은 아닐지라도 **뿌리 깊은**(구석기시대부터 유래했다는 사실이 확인되었을 뿐 아니라, 이라크의 샤니다르 동혈 유적[§] 이래로 고증되었으므로) 이런 행위, 즉 들판이나 강변 그리고 숲이나 산에서 꽃들을 따서 지하 거처에 모인 망자들의 황톳빛 유골 옆에 놓는 행위, 혹은 사원의 신들 옆에, 그들의 침묵에 봉헌하는 행위, 다발로 함지에 꽂거나 한꺼번에 그러모아 대형 청동 화병에 꽂고서 물을 약간 부어 꽃들이 피어 신들의 향기를 풍길 수 있게 하는 행위에 대한 이해를 도모하려고 합니다.

세 가지 관례만을 다루겠습니다. 일본에서 꽃을 딴다는 것은 무엇인가? 고대 그리스에서 사화집詞華集을 만든다는 것은 무엇인가? 로마에서 죽은 자들을 인용한다는 것은 무엇인가?

* 池田カルロッタ(1941~2014): 일본 태생의 부토 댄서.

† 小川美登里(1967~): 일본의 파스칼 키냐르 전문 번역가이자 대학교수.

‡ 博多かおる: 일본의 프랑스 문학자.

§ Shanidar: 이라크 북부 산악 지대에서 발견된 중석기시대(대략 4만 6,000년 전으로 추정)의 유적으로, 이곳에서 네안데르탈인의 유골이 발견되었다.

우선, 역사의 작은 교훈 하나.

기원전 7000만 년에 공룡이 멸종했습니다.

유럽(그린란드로 북아메리카에 접한)에는 곤충이나 열매를 먹고 사는 작은 짐승들이 가득합니다.

작은 짐승인 뾰족뒤쥐는 **꽃들과 함께** 출현했지요.

그게 바로 우리예요.

여러분의 내면에서 기억을 떠올려보세요. 기억과 밀접한 관련성을 지닌 몸이 도와줄 것입니다. 우리는 꽃과 더불어 출현했어요. 꽃은 식물의 매혹적인 성기지요. 최초의 포유류와 최초의 꽃들 사이에는 놀랄 만한 동시대성이 존재합니다.

오늘날 유럽인들은 서로 만나거나 방문할 때 여전히 꽃다발을 주고받습니다. 원초적 자연의 시기, 에덴동산 이전의 시기, 흐드러진 야생 식물군의 시기에 대한 추억으로 말이지요.

마찬가지로 사람이 죽으면 그들에게 꽃들을 던집니다.

세상 사람들(적어도 서양인들)은 호라티우스*가 자신의 열한번째 송가에 쓴 다음 구절을 기억합니다.

* Quintus Horatius Flaccus(기원전 65~기원전 8): 고대 로마 공화정 말기의 시인으로, 로마 서정시의 완성자로 평가받는다. 대표작으로 『서정시집』이 있다.

카르페 디엠Carpe diem.

이날le jour을 따라, 뽑아라, 잡아채라.

수수께끼 같은 이 아름다운 구절의 의미를 알고 싶네요. 왜 이날을 **따려고** 하는지요?

지나가는 순간을 더 충실하게 사는 것이 잇따르는 시간들 내부에서 그 순간을 **잡아채는 것**보다 낫지 않을까요?

로마제국의 초기 몇 년간 호라티우스가 구상한 매우 짤막한 이 시에 생명력을 불어넣는 의미는 정확히 이렇습니다. '나를 사랑하는 당신, 바라건대 내가 언제 죽을지 알려고 하지 말라. 살아 있는 당신 자신이 죽을 시기는 더욱 알려 하지 말라. 혹한, 폭풍우, 조난, 선박을 집어삼키는 파도, 선체를 박살 내는 암초, 배 위로 솟은 돛을 찢어발기는 돌풍, 온몸을 마비시키고 복통을 일으키며 목을 메게 하는 극도의 불안, 이런 것이야말로 우리가 겪어나갈 무엇일 뿐 아니라 우리가 그리로 돌진하는 무엇이다. 그러므로 태어난 이후로 품어온 온갖 희망에 종지부를 찍어라. 과도한 끈기와 인내를 요구하는 모든 꿈과 계획을 끊어내라.

Spem longam reseces!

희망의 기나긴 지속을 잘라내라!

일체의 욕망을 단호히 멈추어라!

심지어 우리가 말을 하는 동안에도 시간은 끊임없이 먹어

치우며 끊임없이 게걸대는데, 그 시간은 이미 지나간 것이다.

Dum loquimur fugerit invida aetas!

모든 질투와 시샘을 보류하라!

시간의 흐름에서 이날을 잡아채라!

시간의 흐름 따위는 없다.

당신이 살고 있는 아침에는 '다음 날'이 없다!

Carpe diem, quam *minimum* credula *postero!*

이날을 따라!'

사실상 호라티우스가 기술한 바는 결코 **살아가는** 방식이 아니라 **죽이는** 방식입니다.

사냥과 세분細分의 교훈이지요.

핵심은 자르기secare, resecare예요.

따라서 '꽃을 따기'란 로마나 일본이나 프랑스에서 '제물을 바치기'라는 의미입니다.

제물을 바치기, 그것은 목숨을 늘리기 위해 생명에게 생명을 바치는 일이에요. 생명 증가를 위해 죽음을 바치는 데는 종교적인, 완벽한 침묵의, 비의적인, 불가사의한, 강렬한 쾌락이 존재합니다. 고대 그리스비극이 바로 그런 것으로, 무대와 객석 사이의 공간*에서 시체들이 실린 작은 수레들

* 고대 그리스의 극장에서 이 공간은 합창단과 무용단을 위한 것이었다.

eccyclèmes을 끌어 죽은 자들을 도시국가에 제물로 바치는 이야기와 다름없습니다. 또한 노能*라는 연극이 그러합니다. 신도神道†의 사당인 신사神社의 대문 바로 앞에는 담금질로 단단해진 매우 거무스름한 색깔의 나무들‡이 우뚝 서 있습니다. 경내에는 산꼭대기까지 이르는 오솔길의 형태로 망자들의 작은 나무 명패들이 꽂혀 있고요. 이 공연의 기능은 무엇보다도 죽은 자들의 못 다한 삶을 제물로 바쳐 그들이 앙심을 품고 산 자들의 세계로 귀환하여 생존자들에게 들러붙어 괴롭히지 못하게 하려는 것입니다. 또한 로마 세계의 **하얀 모래**가 깔린 무시무시한 원형경기장(라틴어로는 *arena*)이 그러합니다. 모래가 흰색인 이유는 죽임을 당한 동물이나 검투사가 흘린 피가 두드러지게 눈에 띄게 하려는 것입니다. 그것은 바로 기독교 대성당의 어둡고 장엄한 중앙 홀 한가운데 우뚝 서 있는 죽은 신입니다. 왜냐하면 기독교 미사 때 사람들은 죽은 신을 응시할 뿐만 아니라 그의 살을 나누기 때문이지요. 실제로 살을

* 일본 전통 가면 무극의 한 장르로, 노가쿠能樂라고도 한다.

† 선조나 자연을 숭배하는 일본의 토착 다신교 신앙. 조상의 유풍을 따라 가미かみ(神)를 받들어 모신다.

‡ 초창기의 노는 나무도 심어져 있고 하늘도 그대로 보이는 야외에서 하는 가무극이었다. 그러다 무대가 신사 경내로 옮겨지고, 오늘날에는 실내에 설치되어 있다. 야외극의 흔적으로 무대 정면에 큰 소나무 한 그루가 그려지고, 왼쪽에는 작은 소나무 세 그루를 심어놓는 전통이 지켜지고 있다.

자르고, 하느님의 시선 아래서 쪼갭니다. 그리고 *hostia*(제물)를 신의 상像을 향해 들어 올린 연후에 분배하고, 그것을 씹지 않고 삼키거나, 입속의 공동空洞에서, 즉 혀 위에서 분해하여 자신도 모르게 속으로 녹아들게 하면서, 내진內陣*의 층계에 무릎을 꿇은 자세로 두 눈을 감고 평온하게 소화시킵니다.

따라서 호라티우스가 옥타비아누스†의 재위 초기에 로마 주민들에게 일갈한 '카르페 디엠!'이라는 말의 의미를 잘 이해할 필요가 있습니다.

'이날을 따라'라는 말은 인본주의 전통에 비해 유럽 전통에서 훨씬 더 **과격한**(축자적으로 말하자면 **뿌리를 뽑는**) 의미를 지닙니다. 인본주의 전통에서는 유년기 말부터 우리 각자에게 전해지도록 이 구절을 짧은 셈 노래‡처럼 강조해왔어요. 셈 노래에는 우리가 받은 교육이 드러나고, 그저 사어死語를 배우는 것만으로도 이르게 되는 사회계층이 드러나 있지요. 현재를 살기, 지금의 행복을 지속하기, 기회나 상황이나 쾌락을 연장하기, 이런 생각은 이제 막 피어나려는 최초의 상태인 생

* 예배당 내의 안쪽 부분으로, 주 제단이 배치되어 있다.

† Gaius Julius Caesar Octavianus(기원전 63~기원후 14): 카이사르 사후 기원전 43년부터 제2차 삼두정치의 한 사람이 되었다가 기원전 27년에 로마 황제가 되었다.

‡ 아이들이 놀이에서 술래를 정할 때 부르는 노래.

명을 자르는 이미지에 전혀 부합하지 않습니다. 시간의 통로에 주저앉기, 지나가는 시간의 흐름을 담담하게 살아내기, 시간의 도래라는 경이로운 사건이 일어나는 가운데 시간을 관조하기에 이르기, 이런 생각은 전지가위를 든 손이나, 줄기를 잡고 손톱을 수액 속에 밀어 넣으며 자르기, 나이프에서 칼날을 꺼내 아직 수액이 흐르는 가지를 짧게 자르기, 한쪽 무릎에 힘을 주어 땅속에 달라붙은 뿌리를 일거에 뽑아내기 같은 동작과는 아무런 상관도 없습니다.

꽃을 따는 사람에게 현재를 **산다는** 것은 전혀 문제 되지 않아요.

중요한 것은 시간을 **죽이는** 거예요. 그리고 죽임을 당한 봄을 우리가 사랑하는 이의 생명이 꺼진 육신 옆에 놓는 것입니다.

고대 그리스어로 젊은이를 kouros라고 합니다. 가지 끝에서 꽃잎이 벌어지는 꽃을 anthos라고 하고요. 아이스킬로스*의 글에서는 kouros가 늘 '남자들의 꽃'으로 정의됩니다. 일단 전쟁에 제물로 바쳐진 자가 '남자들의 울타리'(그리스인들이 **폴리스**라 부르고 우리가 도시국가라 옮기는) 안으로 돌아오

* Aeschylos(기원전 525?~기원전 456?): 소포클레스, 에우리피데스와 함께 고대 그리스의 3대 비극 작가로 유명하다. 대표작으로 오레스테스 3부작으로 불리는 『아가멤논』 『제주를 바치는 여인들』 『자비로운 여신들』이 있다.

면 도시의 나이 든 시민들이 그의 대략적인 윤곽이 새겨진 곧추선 석상을 세워줍니다.

카르나크* 들판에 산재한 것과 같은 종류의 돌이지요.

인도에 있는 일종의 링가† 같은 돌이고요.

꽃들이 가리키는 것은 정확히 청소년기를 벗어나는 남자들, 즉 젊음의 절정기에 있는, 성 기능이 가장 뚜렷하게 발현되는 남자들입니다.

아이스킬로스의 아름다운 이 시를 들어보세요. 아니 직접 **읽으시는** 편이 좋겠군요.

"kouroi(젊은 남자들)의 anthos가 가지에 머물게 하라, 그리고 눈물을 자아내는 아레스‡ 신은 꽃의 희망을 꺾지 마시라!"

lire(읽는다)는 그리스어로 legein입니다.

그리스어 동사 legein은 동시에 ramasser(그러모으다), cueillir(따다), collecter(모으다), dire(말하다), lire(읽다)를 뜻하지요. anthos가 꽃이므로, antho-logie는 '꽃들을 따기'입니다. 활짝 핀 첫 순간에 아름다워서 선별된 꽃들을 말입니다. 화관을 엮거나 꽃다발을 만들기에 최적인 색깔, 꽃잎, 꽃

* Carnac: 프랑스 북서쪽에 위치한 도시로, 이곳에 세계 10대 거석 유적의 하나인 생미셸 봉분이 있다.

† 인도에서 숭배되는 남근상.

‡ Ares: 그리스신화에 나오는 전쟁의 신. 로마신화의 마르스에 해당한다.

받침, 꽃부리, 향기에 따라 선별이 이루어지기도 합니다. 이런 식의 이야기가 '영웅적인 사자死者들의 선집'입니다. '인용'이란 엄밀히 말하자면 더 오래된 책에서 뽑아 더 최근의 책에 집어넣은 한 송이 꽃입니다. 고대 그리스인들은 이런 '선집', 즉 창작이 이루어진 시대와 환경에서 미리 떼어내서 빼낸 가장 아름다운 것들만을 추린 '모음집'을 'anthologie(사화집)'이라 불렀습니다. 최초의 '사화집詞華集'* 은 기원전 2세기 시리아에서 멜레아그로스†가 만들었지요. 그는 자신보다 앞선 시대의 다양한 작가들의 작품에서 발췌한 빼어난 시들의 모음집에 '화관花冠'이라는 명칭을 처음으로 제안했지요. 그 후에 필리포스,‡ 스트라톤,§ 아가티아스¶가 이 명칭에 특

* 『그리스 사화집』. 여기에는 기원전 7세기부터 기원후 500년경까지 수많은 그리스 시인들의 종교시, 비명碑銘, 서시, 연애시, 풍자시, 수수께끼 등이 담겨 있다.

† Meleagros(기원전 140?~기원전 70?): 시리아 출신의 그리스 단시 작가. 아르킬로코스부터 자신의 당대에 이르기까지 약 50명 시인의 단시를 모은 『화관』을 편찬했다.

‡ Philippe: 기원후 40년경에 멜레아그로스 이후의 엘레게이아풍 단시를 모은 선집을 냈다.

§ Straton: 『그리스 사화집』의 편집자 중 하나인 듯한데, 이렇다 할 기록이 남아 있지 않다.

¶ Agathias(530?~582?): 570년경 위의 두 선집에 그의 당대 시를 추가하여 선집을 보완했다.

권을 부여했어요. 그들로 인해 '꽃들의 모음antho-logie'이라는 매우 이미지가 풍부한 색다른 명칭이 서구 전통에 결정적으로 뿌리내리게 되었답니다. 'anthologie'라는 단어가 강조하는 것은 따는 행위 자체이지 주어진 것을 냄새 맡고 바라보고 감동하기 좋게 꾸미는 구성이 아닙니다. 중요한 것은 가장 생생하게 여겨지는 가장 좋은 것을 떼어내는 채취라는 말이지요. 반면에 멜레아그로스가 애초에 선택한 'couronne(화관)'이라는 단어는 영광스러운 죽음에 역점을 둡니다. 세월을 거치며, 죽음 너머로, 글로 쓰인 모든 작품 중에서 그리고 대중의 독서를 통해 드러난 모든 승리 중에서, 머릿속에서 행해지는 가공의 경연 대회에서 승자로 판명된 시인들에게 주게 될 꽃으로 엮은 화려한 관을 떠올리게 하기 때문이지요.

다시 아이스킬로스로 돌아와서, 제가 보기에, 그는 유일한 비극 시인입니다.

그리스어 karpizein은 '따다cueillir'보다는 '베다faucher'에 가까워요.

아이스킬로스는 이렇게 썼지요. "타나토스*는 *ekarpizetai* **(벤다)**. 죽음이여 수확하라! 인간의 삶에서 죽음은 육신을 밀

* 그리스신화에서 '죽음'을 의인화한 신.

이삭처럼 하나씩 **베어내는** 이상한 존재로다."

낫은 벌거벗은 시간의 양손에 들린 것으로, 바짝 베어냅니다.

이것이 바로 그리스인들이 시간이라 부르는, 하늘 신의 아들에게 일어난 일이기도 합니다. 크로노스*는 자기 아버지의 아랫배에 붙어 있는 야릇한 '꽃'을 베어낸 자의 이름이지요.

이 장면은 헤시오도스†의 책에 나옵니다. 크로노스는 오른손에 곡식을 베는 낫을 쥐고 있어요. 왼쪽 손아귀로 아버지의 불알 두 쪽을 움켜쥐고, 포피를 잡아당기고, 그것을 잘라 하늘에서 아래로, 바다로 집어던져요. 자신이 아버지에게 한 짓을 훗날 자식들이 자신에게 할까 두려운 나머지 그는 성기를 지키려는 일념으로 제 자식들을 잡아먹습니다.

하늘 신의 정자가 담긴 잘라진 음낭들이 바다의 물결 속으로 흩어지자 그곳에서 눈부시게 아름다운 거품의 여신(아프로디테)이 물을 뚝뚝 흘리며 솟아오릅니다.

* 그리스신화에서 태초의 신들인 우라노스(하늘)와 가이아(대지)의 막내아들이며, 올림포스 신들의 제왕인 제우스의 아버지다. 그는 우라노스의 성기를 낫으로 잘라 바다에 던지고 우주를 지배하는 최고신의 자리에 오른다. 그러나 우라노스의 저주로 훗날 자신의 막내아들 제우스에 의해 지하 세계 타르타로스에 갇히게 된다.

† Hesiodos(?~?): 기원전 8세기경 고대 그리스의 서사시인. 거론된 책은 그의 대표작인 『신들의 계보』다.

작가 미상, 「크로노스의 거세」(15세기), 펜드로잉.

거품에서 나오기, 그것은 끊임없이 파도에서 솟구치는 아프로디테랍니다.

라틴어 동사 carpere는 그리스어 동사 karpizein(곡물 밭을 베다)과 동일한 의미를 지니고 있지 않습니다.

오히려 풀을 먹이다paître, 풀을 뜯다brouter에 더 가깝지요.

라틴어 'Carpe diem'이라는 표현은 '너의 하룻낮을 베어라'보다는 '낮의 매 순간을 조금씩 풀을 뜯듯이 천천히 뜯고 잘게 빻아 씹어라'라는 뜻으로 이해해야 합니다.

거의 이런 말입니다. '어둠이 내리기 전에 네 몫의 햇빛을 뜯도록 하라.'

이런 말을 덧붙일 수도 있어요. '죽음이 덮쳐오기 전에, 오 가련한 육신을 지닌 인간이여, 네 아들들 앞에서는 손으로 성기를 가려 보호하라!'

살라미스해전*에서 그리스는 대승을 거둡니다. 기원전 480년 9월 29일, 그리스 함대가 크세르크세스†의 선박들을

* 제3차 페르시아전쟁 중인 기원전 480년, 아테네 함대를 주력으로 한 그리스 연합 해군이 살라미스해협에서 페르시아 해군을 괴멸한 전투.

† Xerxes Ⅰ(기원전 519?~기원전 465): 다리우스 1세의 아들로, 페르시아제국의 제4대 왕을 지냈다.

괴멸하지요. 비극 시인 아이스킬로스 자신도 직접 이 전투에 참여했어요. 훗날 그는 이 전투를 초창기 비극의 형태로 재구성했습니다. 그 작품은 지금까지 전해져오고 있지요.* 전령은 페르시아의 왕비에게 갑자기 이렇게 표명합니다. "오 아시아의 영토, 페르시아라는 꽃이 꺾였답니다! 그리스인들이 바다를 피로 물들였어요. 부서진 노櫓 조각으로 표류하는 잔당들마저 쳐 죽인답니다. 죽어가는 페르시아 사람들의 흐느낌과 암초에서 그들을 맞이하는 물고기며 오징어들의 괴이한 비명소리가 뒤섞이고 있어요."

아이스킬로스가 구사하는 이미지에는 완전히 광기 어린 무엇이 있음을 숨길 수 없군요.

암초에서 기다리는 오징어들의 '비명 소리'가 그것입니다.

역시 사실임 직하지 않은 다른 비명 소리를 보태야겠어요.

화병에 꽂힌 꽃들의 '비명 소리' 말입니다.

구시자키 하루미† 여사는 수년 전에 일본 사회에서 잘린 꽃

* 「페르시아인들」이라는 작품으로 기원전 472년 아테네에서 개최된 디오니소스 축제에서 초연되었다. 현존하는 그리스 비극 중 역사적 사건을 배경으로 한 유일한 작품이다.

† 串崎晴美: 일본의 서예가. 1995년 이후로 프랑스 몽펠리에에 거주하며 작가와 번역가로 활동하고 있다. 『붓을 따라서』 등 일본 서도에 관한 책을 출간했다.

들에 관한 매우 아름다운 글을 썼습니다. 이 논문은 여전히 미출간 상태예요. 저는 출판사에서 이토록 심오하고 아름다운 글을 출간하지 않는 이유를 모르겠습니다. 이 글에 대한 출간 의뢰나 추천이 없어서가 아니거든요. 저는 이 강연을 기회로 이 작품을 환기해보려고 합니다. 마침 구시자키 여사도 오늘 저녁 여기 좌중에 계십니다. 여사께 거듭 감사의 말씀을 드립니다.

어느 날 구시자키 여사가 스승 가와세 도시로* 님께 묻습니다. "예술이란 무엇입니까?"

그의 답변은 이러합니다. "예술이란 베어내기 안에서 베어내는 것이오."

secare(잘라내다).

le sexuel(성적인 것)은 예술이라는 행위의 핵심에 있는 것.

sectio(절개, 거세).

sexus(성).

프랑스 전통 문학의 특성을 간단히 말씀드리겠습니다. 우리 문학의 절정, 그것은 단장斷章입니다. 집필하면서 매우 과

* 川瀨敏郎(1948～): 일본 생화 아트의 거장. 대학 졸업 후 파리에서 연극 영화를 공부했다. 1974년 귀국 후에 꽃을 다루는 작품들을 선보였다.

격한 이런 방식을 사용하는 것이 프랑스 문단의 특징이지요. 17세기에는 라로슈푸코,* 생테브르몽,† 블레즈 파스칼‡이 그러했습니다. 최초의 인물은 르네상스 시대에 처음으로 『수상록』을 쓴 몽테뉴§였고요. 저는 낭만주의 사회에서 샤토브리앙¶이 『랑세의 생애』를 집필한 때가 가장 기이하고 가장 아름다운 시기였다고 생각합니다. 『랑세의 생애』는 서로 연관이 없는 인용문들(꽃들)로만 이루어져 있거든요. 그런 이유로 이 책은 출간 당시 엄청나게 야유를 받았답니다. 비평가들은 머리도 꼬리도 없는 작품이라고 혹평해댔어요. 관련 없는 여담들에서 군데군데 발췌한 것이고, 성인들의 생애를 난도질하고, 강론들을 갈기갈기 찢어발긴 것의 연속에 불과하다는 것이었어요. 작가가 늙은 탓에 조각들을 잇대어놓고는 꿰매지도 않았다고 하면서요.

* François de La Rochefoucauld(1613~1680): 프랑스의 귀족 출신 작가이자 모럴리스트. 『잠언과 성찰』을 썼다.

† Charles de Saint-Evremond(1613~1703): 프랑스의 군인, 에세이 작가, 문학 비평가. 1661년 이후에는 주로 망명지인 영국에서 집필했다.

‡ Blaise Pascal(1623~1662): 프랑스의 수학자, 물리학자, 철학자, 종교 사상가. 기독교 옹호론인 『팡세』를 썼다.

§ Michel Montaigne(1533~1592): 르네상스기의 프랑스 철학자이자 모랄리스트. 『수상록』을 썼다.

¶ François-René de Chateaubriand(1768~1848): 프랑스의 작가, 정치가, 외교관, 역사가. 대표작으로 『그리스도교의 정수』가 있다.

그들은 자기들 손에 경이로운 책이 들려 있음을 알지 못했습니다.

그래요, 경이로운 이 책의 단장들 사이에 **아무런 인과관계**도 없다는 것은 사실이에요.

이 책은 연관성의 죽음이니까요.

만일 **토막 내기**fragmenter가 프랑스 사회의 특성이라면, **발췌하기**excerpere는 로마 세계의 특성입니다.

라틴어 동사 excerpere는 아주 단순한 두 단어 ex(밖으로)와 cerpere(뽑아내다)로 나누어집니다. 프랑스어*로 이 복잡한 발음을 할 때조차도 이러한 분해가 귀에 들려요.

'~의 밖으로' 끌어내어 '붙들다'는 의미가 돼요.

로마인들은 고대 세계 최후의 인간들입니다. 그들은 너무 늦게 왔으므로 선재하는 모든 것을 읽었고, 모든 것에서 뽑아냈습니다. 미리 학습한 외국 책들에서 발췌하여 자기네 책들을 만들었던 것입니다. 베르길리우스†의 작품으로 말하자면 그는 그리스인들의 유일한 황제를 기리기 위해 알렉산드리아

* 라틴어 'excerpere'에서 프랑스어 동사 'excepter'(~에서 제외하다, 빼다)가 유래했다.

† Publius Maro Vergilius(기원전 70~기원전 19): 고대 로마의 시인. 로마 건국 이야기를 담은 장편서사시 『아이네이스』를 썼다.

에 건립된 도서관의 장서에서 한 단어도 한 이미지도 따오지 (라틴어로는 '발췌하지') 않았다고들 해요. 그런데 황제가 그리스인이라기보다 마케도니아인에 더 가깝고, 게다가 그의 이름마저도 알렉산드로스입니다(도서관을 품은 이 도시의 숭고한 이름 알렉산드리아가 그를 연상시키듯이 말이지요). 이참에 여러분께 'sexus(성)'라는 라틴어 단어의 엄격한 의미도 말씀드리고자 합니다. 인간뿐만 아니라 신에게도 성性이 있었습니다. '절단'의 결과물로 서로 마주한 암수 두 성 말이죠. 절단은 올림포스산에 기거하는 신들에게는 낮에 매혹으로 찾아들고, 지상의 도시에서 살아가는 인간에게는 불가항력적으로 맞이하는 밤에 찾아듭니다. fascinus(음경)와 fossa(음부)가 서로 마주합니다. 남근은 '홀립니다fascine'. 음문은 '아연실색케 합니다méduse'. 절단된 둘, '서로에게서 영원히 떼어내진' 둘, 그것은 신들과 여신들이고, 남자들과 여자들입니다. 즉 한편은 정자들의 방출이고, 다른 한편은 꽃들의 개화입니다. 이 둘로 인해 지구 표면에는 개체 번식이 이루어져 움직이며 번창하는 살아 있는 세계가 재생됩니다.

마주 보기: 성교로 이어지든 아니든 **발기**에 깃든 강렬한 번식력, 그리고 매번 지상에 불쑥 나타나는 새끼의 **번식**.

여인의 육체를 유일한 매개로.

어느 노인에게나 적용되는 죽음이라는 보편적 칼날에 따라.

우타가와 도요쿠니歌川豊国, 「자두나무 가지」(1811).

이제 그리스, 로마, 프랑스, 북아메리카 세계의 cut up(잘라내기)을 일본 세계의 잘린 꽃들과 비교해보겠습니다. 구시자키 하루미 여사의 스승인 가와세 도시로 님은 "일본에서 꽃이란 무엇인가? 자르는 행위다. 꽃은 인간의 집으로 내려와 그들의 시선에 드러나도록 신이 사용한 수단이다"라고 했습니다.

일본어 이케바나いけばな(生花)*는 이케루生ける(살리다)†와 하나はな(花)로 나뉩니다. 축자적으로 '꽃을 되살리기'이지요. 일단 꽃이 잘리면 그 꽃은 다른 실존에 이르게 됩니다. 짧고 수정受精이 일어나지 않는 실존이라서 꽃은 아름다움을 황급히 발산하다 시들어버립니다.

프랑스어로 '꽃들을 배열하다' '꽃들을 다발로 함께com-배치한다poser'고 하는 것을 일본어로는 'はな를 귀환하게 하다'라고 말합니다.

일본에서는 에피파니‡보다 귀환을 더 중요하게 여깁니다.

다른 한편 균일한 길이로 빛깔에 따라 모은 한 아름의 꽃보

* 일본의 전통적 꽃꽂이. 6세기에 처음 중국에서 일본으로 들어온 것으로 알려져 있다.

† 1) 살리다 2) (꽃이나 가지를 꽃병 따위에) 꽂다, 꽃꽂이하다.

‡ 감추어져 있던 것의 드러남, 출현, 현현을 뜻한다.

다 꽃핀 가지 하나가 더 중요합니다.

일본 사회에서 잘린 것이 산 자들의 세계로 **귀환**하여 얻게 되는 새로운 삶에는 두 가지 움직임이 잇따릅니다. 즉 나무에서 가지가 **수직으로 뻗도록** 수평으로 움트는 가지는 잘라줍니다. 그래야 はな가 똑바로 꼿꼿해지니까요. 꽃 한 송이를 자르는 것으로 끝이 아니라 즉시 곧추세워야 합니다. **수평선**에서 해가 떠오르듯이 말이지요. 완벽한 수평을 이루는 잘린 자두나무 가지는 잘리기 전에는 과일나무 줄기에서 직각으로 뻗었던 가지입니다. 그것을 꽃병에 수직으로 꽂아요. 마치 묘지를 대신하는, 오솔길에 걸린 죽은 자들의 명판처럼 말입니다.

마찬가지로 일본의 글쓰기는 서양에서 하듯이 좌에서 우로 진행되는 수평선을 따르지 않고 하늘에서 지면紙面으로 내려옵니다.

편편한 방석 위에 두 무릎을 꿇습니다. 이마가 바닥에 닿도록 몸을 숙입니다. 침묵합니다.

고개를 들면 골라놓은 화병과 잘린 꽃가지들 옆으로 검게 옻칠한 작은 받침, 정원용 큰 가위, 작은 도기 물뿌리개, 물기를 닦거나 흡수하는 데 쓰일 네모난 솜이 앞에 놓여 있습니다.

우선 꽃을 담는 용기에 구바리配り*라 부르는 지지대인 나무 갈퀴를 세웁니다. 이 받침대는 삼각형을 이루는 세 방향에서 공간에 있는 꽃들을 지지해줍니다. 즉 해를 향한 대기에서(하늘의 구간), 욕망으로 곤두서는 남성 성기처럼 수평으로(인간의 구간), 물과 어둠으로 향한 아래에서(땅의 구간) 그러합니다.

꽃은 땅과 하늘 사이에서 자라는 것입니다. 그렇기 때문에 꽃들의 길은 늘 세 꼭짓점을 돌게 되며, 언제나 삼각형의 모습을 띠게 됩니다. 마찬가지로 인간, 그의 집, 집의 중심인 도코노마床の間†는 땅과 하늘 사이에 위치합니다.

도코노마(간략히 설명하자면 비워둔 공간인 벽감壁龕)는 일본 가옥이라는 울타리 안에서 중심을 이룹니다. 이 장소는 사용하든 비어 있든 언제나 휴식과 침묵에 둘러싸여 있어야 합니다. 세월은 찰나에 비하면 풍족합니다. 야생의 자연을 꽃들로 쪼개듯이 세월을 시간들로 쪼갤 줄 알아야 해요. 매일의

* '배치한다'는 뜻. 꽃을 지지하고 고정하는 장치.

† 일본 무로마치시대 이후의 건축에서 방의 상좌에 벽 쪽으로 움푹 팬 공간을 마련해 바닥은 인형이나 꽃꽂이로 장식하고, 벽에는 붓글씨 등의 족자를 걸어놓는 곳. 바닥이 방바닥보다 높은 것이 특징이다. 집에 손님이 오면 손님은 도코노마를 등지고 앉고 주인은 맞은편에 앉는다.

하루는 계절 안에서 하나뿐인 단수이고, 매일 꽂는 개개의 꽃은 그 기호인 동시에 얼굴입니다.

마찬가지로 비단이나 매우 섬세한 종이 재질의 가케모노 封け物*에 붓글씨로 쓴 하이쿠俳句†가 있습니다. 우리는 가케모노를 하늘에서 땅으로 펼칩니다. 그것은 꽃잎들을 쫙 펴고 암술을 내민 곧추선 꽃 옆에 걸립니다.

우리는 꽃꽂이 작품을 늘 위에서 아래로(빛에서 물로) 읽습니다. 하늘에서 습기로 축축한 이끼에 드리워진 그림자까지 책을 읽듯이 말이죠.

서도書道, 다도茶道, 화도花道, 그리고 향과 피어오르는 연기의 향도香道, 이런 것들은 인도에서 발생하지 않았음에도 어둠의 경계에서 시작된 불교 명상의 네 단계‡를 거칩니다.

성소 입구에는 모래가 담긴 궤에 나뭇가지들을 꽂아 조성한 풍경이 연출됩니다.

인도의 사원 안에도 호리병에 담긴 꽃들을 기둥마다 칡으로 동여매어놓습니다.

* 족자.

† 5·7·5의 3구 17음으로 이루어진 일본 특유의 단형시.

‡ 1) 통일의 단계: 호흡에 집중하고 의식하는 훈련을 통해 통일된 자아의 발전을 이루는 단계 2) 감정적 긍정의 단계 3) 영적 죽음의 단계 4) 영적 재생의 단계.

남성 성기는 생식력이 최고조에 달하는 순간 음낭 두 쪽이 수축하면서 아랫배 위로, 공중으로, 기이하게 강렬한 힘으로 저절로 불끈 곤두섭니다.

정액의 분출이 일어나면, 즉 정액을 방출하는 남자의 온 몸에 쾌락이 퍼지면(혹은 퍼지면서 사라지면), 꼿꼿하던 sexus(성기)가 도로 축 늘어집니다.

남성의 무성한 음모와 아랫배 앞으로 내밀어진 수평의 단단한 가지였던 것은 이끼와 기슭에서 쭈글쭈글하게 주름이 잡히며 오그라드는 작은 개구리로 변합니다.

마찬가지로 (봉오리가 막 벌어지려는) 꽃은 순식간에 지면서 땅 위에 꽃잎을 **떨굽니다.**

flore(꽃)가 지는 것입니다.

일본에서는 생명이 가장 필요한 이들을 위해 꽃들이 죽습니다. 족보상의 친족들 가운데 죽은 이들에게 우선적으로 바쳐져 젊음과 향기를 가져다주는 것입니다. 생기가 너무도 부족한 조상들에게는 이 수액이 필요하거든요. 꽃을 봉헌하는 것은 목숨을 잃은 자에게 가장 생기 넘치는, 가장 색이 선명한, 가장 향기로운, 가장 빛나는 생명을 부여하는 일이지요. 일본에서는 쭈그리고 앉아 벽감의 빈 공간에 놓인 영정 옆에 꽃을 세웁니다. 꽃의 수액이 사진 속의 인물에게 되도록 가깝게 내려올 수 있게 말이에요.

꽃을 다루는 일본과 프랑스의 방식에는 새로운 차이가 있습니다.

이런 차이 때문에 일본에서는 희생된 꽃들이 오래 지속될 필요가 없답니다.

꽃들은 가장 생생한 것으로 골라야 해요. 보기에도 '생명의 느낌'이 가장 '뭉클하게 느껴지는' 것으로 말입니다. 들판이나 숲이나 강기슭을 거닐면서 싹트는, 생명의 호소력이 가장 강렬한 것들을 골라야 하는 것이지요. 꽃들에게 기대하는 바는 생존이 전혀 아니고, 오히려 가장 완전한, 가장 자연적인, 가장 놀라운 소멸이니까요.

반면 서양에서는 꽃다발을 주면서 그것이 오래가기를 바랍니다. 일본에서는 조속한 죽음을 바라는데 말이죠. 그것은 수액의 즉각적인 유출, 지극히 가냘픈 향기, 불안정한 휘어짐, 시들어 일그러진 형태, 충격적인 종말의 심히 애석한 변질인 것이지요. 신도에서는 자연이 끊임없이 유입되어야 마음을 움직일 수 있습니다. 일본에 신을 모시는 성소가 따로 없는 이유는 자연이 온통 성소이기 때문이에요. 사실 사원에 꽃을 흩뿌리는 것은 고대 인도의 불교에서 유래했지만, 노의 액막이굿이나 도코노마에 잘라서 곧추세운 꽃가지에서 보듯이 수직으로 꽃을 세우는 것은 일본 신도이즘의 발상입니다. 어두운 숲이나 옛날로(백황색으로, 만년설로) 뒤덮인 산은 일본에서 가장 오래된 미의 근본입니다.

도코노마는 집 안 내부에서 자연으로 열린 창입니다.

벽지로 도배된 벽 안의 빈 틀은 초록색(혹은 흰색, 밤색, 검은색, 어느 색이든 단색인) 산의 경사면입니다.

빈 틀은 틀이 그렇듯이 공백입니다.

그런 것을 일본에서는 '마ま[間]'라고 합니다.

지나가는 힘을 위한,

발아하는 싹을 위한 벽감.

빈 안쪽 정면에 세워놓는 꽃을 위한 빈자리.

꽃은 느닷없이 피어서 심연처럼 자신을 열어 보입니다. 돌연 눈앞에서 피어나는 우주의 중심이 됩니다.

무한에 꽃을 놓기, 그것은 죽음의 검은 쟁반에 살아 있는 생명을 놓는 것입니다.

그것은 한밤중에 달을 감상하는 것입니다.

도코노마에는 이중의 장치가 있어요. 즉 '마ま'의 간격을 띄우고, 바닥에 검은 널빤지를 깔아 그 위에 세 가지 제물을 놓는 것입니다. 향로(미세한 향기), 불(깜박이는 빛), 끝으로 소

박한 꽃꽂이 받침에 꽂힌 시들어가는 꽃 한 송이(죽어가는 생명).

다도를 행할 때, 우선 세워진 꽃에게 차를 마시게 합니다. 작은 물뿌리개 단지로 줄기와 꽃잎에 차를 부어 적시는 거죠. 그런 연후에 사람이 마시기 시작합니다.

사실 죽음에 이르게 하기보다는 식물적 트랜스*에 이르게 하는 것이 중요해요.

도코노마의 빈 바닥에서 우리가 보는 것은 살아 있는 존재가 자신에게 초연해지며 쓰러지는 모습입니다.

마찬가지로 꽃 옆에 걸리는 가장 아름다운 가케모노는 죽음 앞에서 초연한 성직자나 전사를 표현한 것이고요.

이상하게도 여기서 저는 프로이트의 순전히 병리학적인, 언뜻 보기에도 숲이나 나뭇가지나 꽃과 아무 관련이 없는 문구를 인용하고 싶어지네요.

프로이트는 이렇게 썼지요. "멜랑콜리에서는 성적 대상이 떠나간 빈자리에 새로운 자아가 들어선다. 아직 이상형을 갖추지 못한 채로."

* 최면 상태, 신들린 상태라 옮길 수 있는 망아지경의 황홀경.

이렇게 19세기 말 빈의 우울증 환자들의 위대한 치료사인 그는, 15세기 일본의 시인과 마찬가지로 삶을 버리고 죽음을 선택하게 하는 공허 속에서 이상형을 갖지 못한 자아가 생겨난다고 결론짓습니다.

꽃이 세워지는 벽감의 틀은, 십자가에 못 박힌 그리스도의 발밑에 있는 처형의 널빤지, 법정의 '피고석', 고통의 '콘솔'*과 마찬가지로 **사제석**이나 **받침대**의 기능을 해요. 혹은 호화로운 기독교 성당 내부에서 참사회의 '미제리코르드 miséricorde'†의 역할을 합니다.

작은 평판에 세워진 잘린 꽃은 십자가에 세워진 젊은 유일신이나 전투에서 죽어가는 건장한 쿠로스를 가리키는 것이 아니라, 나뭇가지처럼 부러진 모든 존재, 너무 일찍 비극적 운명에 엄습당한 모든 존재를 가리킵니다.

잘린 꽃은 전투에서 **위험을 무릅쓰는**s'expose 전사의 삶을 압축해서 **보여줍니다**expose.

전사란 치명적인 정지停止에 몸을 던지는 남자를 가리킵니다.

* S자형 쇠시리, 콘솔 테이블, 오르간의 연주대 등의 의미로 쓰인다. 힘을 받게 지지해주는 사물이라는 공통점을 가지고 있다. 게다가 'console'이라는 단어가 환기하는 'consoler'(위로하다), 'consolation'(위로)을 염두에 두고 선택된 단어가 아닐까 여겨진다.

† 교회당의 성직자석에서 선 채로 약간 몸을 기댈 수 있게 만든 돌출부.

그런 까닭에 사무라이 특유의 생애가 **벚나무**의 길이라 불리는 것이지요.

너무 이른 죽음에 직면한 일본의 젊은 무사는 청동 검 앞에 있는 봉오리이며, 작은 꽃으로 다닥다닥 뒤덮인 벚나무 가지와 흡사합니다. 그리스어로 말하자면 kouros anthos einai(젊은 남자는 꽃이다)이지요. 모든 벚꽃은 용감한 미나모토 요시쓰네*랍니다. 군도軍刀로 할복한 미시마 유키오†랍니다. 헥토르의 수중에 든 파트로클로스‡랍니다. 소나무 아래서 숨을 거두기 전에 자신의 검을 **부러뜨리려는** 롤랑§이랍니다. 오드¶에

* 源義經(1159~1189): 일본 헤이안 시대 말기와 가마쿠라 시대 초기의 무장으로, 형의 휘하에서 많은 전공을 세웠지만 그를 시기한 형과 대립하다 끝내 자살로 생을 마감했다.

† 三島由紀夫(1925~1970): 일본의 극우 소설가. 일본 전후 세대를 대표하는 작가로 꼽히며, 수차례 노벨문학상 후보로 거론되었다. 20세기 일본을 조망하는 기획인 4부작 『풍요의 바다』 마지막 편을 출판사에 넘긴 뒤 곧바로 방패회 회원들과 자위대 본부에 난입하여 평화헌법을 뒤엎는 쿠데타를 촉구하는 연설을 한 뒤 할복자살했다.

‡ Patroklos: 그리스신화의 트로이전쟁 영웅으로 아킬레우스가 매우 아끼던 전우 혹은 연인이다. 그의 죽음으로 트로이전쟁의 양상이 완전히 뒤바뀌게 된다.

§ Roland: 중세 유럽 최대의 서사시 『롤랑의 노래』에 등장하는 비극적 영웅. 샤를마뉴의 조카인 롤랑은 국경 지대인 브르타뉴의 변경백邊境伯으로, 무예가 뛰어나고 올곧은 성격의 기사였다. 그는 피레네산맥의 롱스보라는 협곡에서 불과 2만의 병력으로 에스파냐의 40만 대군과 교전하다 장렬한 최후를 맞는다. 죽기 전에 적에게 빼앗기지 않으려고 명검 듀란달을 돌에 내쳐 부러뜨리려고 하지만 검에는 흠집조차 나지 않았다고 한다.

게는 그의 죽음을 애도할 시간조차 없지요. 선 자리에서 빙빙 돌다가 쓰러지니까요. 애초 이야기에서는 **단숨에** 쓰러져 죽어요. 마치 튤립 꽃잎들이 소리를 내며 도코노마 마ま의 판자 위로 단번에 떨어지듯이, 세계 각국에서 온 프로이트의 환자들이 빈 베르가세*의 비좁은 대합실에 놓인 낮은 탁자에서 자신의 유년기를 애도하려고 기다리듯이 말입니다.

오시마 나기사†는 1975년‡에 「감각의 제국」이라는 영화를 찍었습니다. 일본어 제목은 「사랑의 투우愛のコリ-ダ」입니다. 군국주의가 광기로 치닫던 1936년에 일어나는 이야기예요. 사다는 기치조의 성기를 자릅니다. 오시마의 충격적인 영화의 핵심은 동화예요. 모든 남자가 오르가슴의 순간 성기를 잃게 된다는 것이지요.

전장에서 전투를 치르기 훨씬 이전에, 남자들의 성기를 **잘라내는** 것은 '엄밀한strict' 의미에서 성적 쾌락입니다.

¶ 롤랑의 약혼녀.

* 프로이트가 정신분석 이론을 정립하고 저서를 내며 환자들을 치료한 곳. 베르가세 19번지에 프로이트박물관이 있다.

† 大島渚(1932~2013): 일본의 영화감독. 대표작으로 「청춘 잔혹 이야기」(1960), 「교사형」(1969) 등이 있으며, 「감각의 제국」은 세계 영화사에서 성 정치학을 논할 때마다 회자되는 작품이다.

‡ 실제로는 1976년이다.

'strict'는 반드시 필요한 단어예요.

로마에서는 올리브 열매를 따는 자를 strictor라고 합니다.

아테네에서는 올리브 담는 바구니를 logos라 하고요.

litterator(문학자)*는 **엄밀한** 의미에서 strictor(세상에서 세상을 떼어내는 자)입니다.

여담 삼아 잠깐 말씀드리면 로마에 다소 일본적 성향을 지닌 유일한 황제가 있었는데, 태양숭배를 확립하려고 했답니다.

그리고 성공했어요.

정작 1년밖에 지속하지 못했지만요. 이것은 유럽 역사상 가장 이상한 일일 것입니다.

1년 동안 유럽인들이 기독교인이 아니었다는 거잖아요.

368년 6월 26일, 율리아누스 황제†가 창에 찔려 사망하자 수사학자 리바니오스‡는 이렇게 기록했어요. "세기의 꽃이 **너무 이르게** 졌도다."

* 아이들에게 읽고 쓰는 법을 가르치는 선생 혹은 문학자를 뜻하는 라틴어.

† Flavius Cladius Julianus(331~363): 로마 황제로, 백부인 콘스탄티누스 1세의 기독교 공인 이후에 기독교에서 전향하여 이교 부흥에 노력했기 때문에 후대에 '배교자'라 불렸다. 본문에 368년으로 기재된 사망 연도는 착오로 보인다.

‡ Libanios(314~393): 시리아 출신의 그리스 수사학자로서, 이교도였음에도 기독교 황제들에게 신임을 받았다.

이제 '꽃들을 따다'라는 표현에 담긴 사고의 핵심에 이르렀습니다. 성찰해야 할 것은 가지에 핀 꽃의 '절단striction'이 아니라, '**너무 이르게**trop tôt'라는 것이에요.

절단으로 성장이 무산되는 열매에 비해 꽃의 경우에는 리바니오스가 말한 '**너무 이르게**'가 드러나는데, 그 자체가 겨냥된 목표인 것이지요. 이런 사정은 붕괴와 와해의 순간, 유럽 진영이나 극동 세계, 기독교 사회나 로마 세계 어디에서도 마찬가지랍니다.

꽃들을 곧추세워 꽂거나 자연에서 거닐며 꽃다발을 만드는 사람들은 식물을 톱으로 켜거나, 동강 내거나, 부러뜨리지 않아요. 그들은 놀라운 '너무 이르게'를 떼어낼 뿐이지요.

베어낸 꽃의 아름다움, 화관의 싱싱함, 내구성 없는 연약함은 '**너무 이르게**'의 허공으로 스러지는 시간의 우위를 인정합니다.

쾌락으로 성기가 수축된 거세된 연인에서 더 나아가면 그것은 죽은 전사입니다.

죽은 전사에서 더 나아가면 그것은 죽은 황제입니다.

죽은 황제에서 더 나아가면 그것은 죽은 신입니다.

죽은 신에서 더 나아가면 그것은 캄캄한 밤에 떨어지는 혜성, 하늘의 심층에서 끊임없이 내향성 폭발을 일으키는 기원의 떠도는 잔해입니다. 잔해로 인해 (무심하게) 하늘의 움직임이 변합니다.

시간상으로 '너무 이르게'에서 중요한 것은 특별하고 유일한 **춤** 동작인데요, 즉 일본에서 꽃꽂이하는 사람이 여실하게 보여주는 동작은 **도치**倒置랍니다. 줄기를 수평에서 수직으로 뒤바꾸어 하늘을 향해 세우는 움직임이니까요. 줄기는 그곳에 깃든 영령에게 꽃을 바치는 깃대인 셈이고요.

로마 세계에서 쳐들리는sublinis 것은 사람의 두상imago으로, 고대 로마 특유의 '가상의imaginaire' 행렬 선두에 세워집니다. '초상image'이라는 말은 '엄밀하게strictement' 창끝에 꽂힌 재현된 조상의 얼굴을 의미합니다.

일본 세계에서 볼 수 있는 것은 (규방 내부의 검게 옻칠된 판자에 놓인 볼품없는 단지 안에 든) 물입니다. 물 안에는 강이 있고, 강을 따라가면 포효하는 바다가 나오지요.

혹은 더 소박하게 말하자면 윤이 나는 칠기에 놓인 도자기 단지의 테두리 너머에 고인 물이 우선 눈에 띄는데, 말하자면 물은 도랑이고 테두리는 도랑의 가두리지요. 도랑 위로 불룩하게 솟은 것이 언덕이고, 융기한 언덕 너머로는 산이 보입니다.

끝으로 벽감의 틀 안에 미니 소나무처럼 세워진 꽃가지 너머는 텅 빈 하늘이랍니다.

그렇게 하룻낮이 끝날 무렵이나 새벽이 열리는 이른 시간에, 허공으로 향한 창 앞에 쪼그리고 앉아 단계적으로, 부싯돌로 불을 붙이고, 소량의 향을 첨가하고, 심장의 박동을 진정시키고, 기원을 비는 사람 앞에서, 곧추서는 것은 단번에 소멸됩니다. 쓰러지는 것에 비하면 말이지요.

잠시 시간을 명명하는 단어들을 되도록 정확하게('엄밀한 stricto' 의미sensu에서) 떠올려볼 필요가 있겠군요.

우리는 태양이 수평선으로 사라지고 나서 낮을 지속하는 빛을 황혼이라 부릅니다. 사라진 태양이 아직도 하늘에 반사되는 것이지요. 그런 식으로 저녁과 황혼과 밤은 구분됩니다. 우주의 서쪽으로 태양이 물러간 연후에, 땅 위로 반사된 석양빛이 지고 난 연후에, 드디어 밤이 찾아옵니다.

일출에 앞선 빛은 오로라*라 부르지요. 갑자기 둥근 태양이 수평선에 모습을 드러내면 새벽이 대번에 오로라를 흡수합니다. 그런 식으로 오로라와 새벽과 낮은 구분됩니다.

끝으로, 역시 '엄밀한' 의미에서, 태양이 자오선을 연달아 두 번 통과하는 사이의 시간을 우리는 진짜 '태양일太陽日'†이

* aurore: 한국어로 오로라는 주로 극지방에서 초고층 대기 중에 나타나는 발광 현상을 의미하나, 키냐르는 동이 틀 때 나타나는 최초의 빛(여명)을 지칭한다.

† 태양의 중심이 자오선을 통과하고 다시 자오선으로 돌아오는 주기. 지구가

라 부릅니다.

'너무 이르게'와 '뒤집힘', 이것이야말로 트랜스의 순간입니다.

사실 일본 세계의 비밀은 태양도 달도 바다도 동물도 식물도, 심지어 생명조차도 아닌 듯해요. 바로 산에서 쏟아지는 급류랍니다.

흘러내려 **매우 빠르게** 떨어지는 것.

낙하하는 것.

새벽에 흡수되는 오로라 같은 것.

허공 너머로, 산에서 **수직으로 낙하하는 급류**, 이것이 꽃의 비밀입니다.

그러므로 도코노마의 배경이나 멀리 산비탈의 소나무 숲 안에서 솟아오르는, 혹은 설각雪殼을 찢어내는 것을 눈여겨보아야 할 것입니다.

급류, 폭포, 낙하, 즉 산비탈에서 쏟아져 내리는 급류의 흐름은 식물인 꽃보다 더 수직이고, 동물보다 더 생동감이 넘치며, 산을 뒤덮은 솔밭의 침침한 녹색 숲에서 펄쩍거리며 뛰노

자전을 하는 동시에 공전을 하므로 항성일보다 약간 더 진행해야 동일한 위치에 태양이 위치하게 되는 시간, 즉 24시간이다.

는 야생 염소, 여우, 다람쥐, 산토끼보다 더 튀어 오르고, 달이나 번개보다 더 희고 더 순수합니다.

도쿄의 한 공원에 네즈根津라는 멋진 미술관이 있는데, 다카하시 케이 님이 저를 그곳에 데려가주었어요. 오래된 급류들이 수없이 많았습니다.

그런 식으로 이상하게도 일본인들은 산에서 쏟아져 내리는 급류의 흐름을 가장 '살아 있는' 것으로 여깁니다. 하지만 그것은 서양인들이 생각하는 '살아 있는' 것의 '생물학'에 속하지 않아요. 그렇기는 하지만 어떤 펄쩍거림보다 훨씬 더 변화무쌍하기는 합니다.

수직선은 하늘을 향해 곧추선 직선입니다. 밑은 늘 기슭과 계곡이고, 위는 늘 산과 구름입니다. 꽃꽂이 단지와 벽감의 틀은 빈 공간에 있는 화탁花托입니다. 급류가 쏟아지다가 바위에 부딪혀 튀어 오르고, 쉴 새 없이 물을 튀깁니다.

프로이트는 평생 아르덴의 원시림을 좋아했어요. 그곳은 옛날에 할아버지께서 여름마다 저를 데려가시던 숲이라 제 유년기의 장소이기도 하지요. 저는 행복을 뜻하는 프로이트라는 독일어 이름을 참 좋아합니다. 그의 저작, 그의 사례, 그의 치료는 실제로 제게 행복을 가져다주었고요. 프로이트는 1914년 전쟁에 앞서 오스트리아헝가리제국*의 수도에서 멀리 떨어진, 그리고 여자들과 아이들의 세계에서도 먼 그곳에서 페렌치 샨도르†와 함께 여름을 보내고는 했습니다. 두 사람 모두 여름이면 흰 칼라에 넥타이 차림에 펠트 모자를 쓰고 큰 보폭으로 숲을 산책했어요.

그들은 고개를 숙인 채 그늘로 다니며 지팡이 끝으로 고사리를 밀어내거나, 이끼를 들추거나, 죽은 나뭇가지들을 제치거나, 아무튼 쉴 새 없이 뭔가를 찾으며 걸었습니다.

프로이트의 두 가지 열정('행복'에 관한 두 가지 취미)은 고고학과 버섯이었습니다.

하나는 고대 로마, 아카이아‡나 미케네§의 그리스, 예루살렘의 상류에서 먼 사라진 이집트의 폐허이고, 다른 하나는 생물체의 놀라운 기원, 지극히 이상한 형태를 띤 가장 오래된 식물들입니다.

한편이 고대라면, 다른 한편은 야생이지요.

* 1867년에서 1918년까지 존속한 합스부르크 왕가의 국가. 수도는 빈과 부다페스트다.

† Ferenczi Sándor(1873~1933): 헝가리의 정신의학자. 프로이트가 아끼던 제자로, 둘 사이에 주고받은 편지만도 약 1,200통에 달한다.

‡ 펠로폰네소스반도 북쪽의 역사적 속국.

§ 고대 그리스 문명이 꽃피기 이전 기원전 16세기에서 기원전 12세기까지 번성한 문명의 중심지.

일본의 공원에 앉아 있노라면 관람 시간이 다소 지난 데다 혼자라면, 약간 늑장을 부려도 좋다면, 우리는 산에서 쏟아져 내리는 급류 소리를 **듣게** 됩니다. 비가 올 필요도, 폭포가 없어도, 물 한 방울 없어도 상관없어요.

전혀 아무런 소리도 없는 침묵이 바로 이 급류예요. 우리의 얼굴이 메아리처럼 그리로 들어가 녹아듭니다.

매번 일본에 갈 때마다 느끼는 바이지만 진짜 일본의 정원이란 단조로운 것이든, 밋밋한 것이든, 돌로 만든 것이든, 모래로 만든 것이든 간에, 얼마간 시간이 흐른 뒤에야 비로소 알아차릴 수 있는 폭포로 고안된 것이라는 생각이 듭니다. 정원 자체는 정원사의 손길뿐만 아니라 말없이 끈기 있게 관찰하는 승려의 눈길로 조성되고, 그런 연후에 그곳을 지나는 은자가 관조하도록 모습을 드러냅니다.

일본의 정원은 위에서 아래로 끊임없이 쏟아져 내립니다.

웅크림, 그러고 나서 고독, 마침내 침묵의 관조가 정원을 수직으로 만듭니다.

사실 침묵도 죽음의 순간 육신을 삼키는 폭포입니다.

사실 빛도 대낮에 높은 하늘에서 쏟아지는 폭포입니다.

그러므로 이 세계를 명상하려면 빛이 가물가물 스러지는 저녁이나 빛이 발아하는 새벽을 기다려야 합니다. 일몰 후에 빛이 스러지며 황혼이 될 때나, 일출에 앞서 오로라를 이루는 빛의 전조 속에서 미광微光이 나타나려 할 때를.

색들이 바래면서 사라질 때나, 다시 물들어 선명해질 때를.

밤과 낮 사이를.

냄새가 보다 묵직하게 배어들며 내밀해질 때이거나, 보다 순수하고 신선해져 확산되며 외부로 퍼질 때를.

꽃이 이파리를 오므릴 때이거나, 방긋이 벌릴 때를.

소나무는 **산** 위의 물신物神이며, 산은 빛이 떠오르고 사라지는 세계 내부의 주된 물신입니다.

봉우리가 구름에 잠긴 산. 후지산.

하지만 진짜 물신은 **둥근 태양**입니다. 산꼭대기 **바로 뒤에서** 차츰 드러나기를 우리가 학수고대하는 바로 그 태양이지요.

『일리아드』에서 트로이의 왕자 가니메데스*는 날이 밝자 이다산에서 양 떼에게 풀을 뜯게 합니다. 제우스가 그를 보

* Ganymedes: 호메로스에 따르면 '필멸의 인간들 중 가장 아름다운 남자'인 그의 미모에 반한 제우스에 의해 올림포스로 유괴되어 신들의 연회에서 술 따르는 일을 맡는다.

고 독수리로 변해, 마치 들판에서 한 송이 꽃을 따듯이 양 떼 사이에서 그를 '땁니다'. 인간에게 '따다'는 신에게는 '유괴하다'이고, 올빼미에게는 한밤중에 얼굴을 뒤로 젖히며 발톱으로 '움켜쥐다'와 같은 것이지요. 올빼미는 죽음에게 눈길 한 번 안 주고도 어둠 속에서 나뭇잎 소리까지 포착한답니다.

최후의 꽃다발을 품에 안은 플로라* 여신은 그것을 엄지와 검지로 감아쥐고, 계절들이 시작되는 최초의 시기에 등을 돌린 채, 겨울을 향해 멀어져가다가 죽음으로 스며듭니다.

지금까지 말과 관습을 명확히 살폈으므로 이제 본격적으로 텍스트를 읽을 수 있겠습니다.

제아미†는 일본 열도에서 '꽃'을 개념화한 최초의 사상가입니다.

1434년에 일본의 위대한 비극 작가(초기 그리스 세계 시칠리아섬의 아이스킬로스에 전적으로 상응하는)가 사도섬‡에 유배되었습니다. 자신이 집필하거나 각색하며 고쳐 쓴 희곡들

* Flora: 로마신화에 나오는 꽃의 여신. 그리스신화의 클로리스에 상응한다.

† 제아미 모토키요世阿弥元淸(1363?~1443?): 일본의 전통 가무극인 노를 완성한 무로마치시대의 연기자이자 이론가.

이탈리아 스타비아에 소재한 빌라 아리아나의 벽에 그려진 프레스코화 「플로라」.

을 더 이상 공연할 수 없게 되자 그는 '좌정坐定'합니다. 그리고 '꽃'이 회화나 음악 같은 예술에서 의미하는 바를, 언어의 사용을, 춤 동작을 명상합니다.

'はな'가 일본인의 시선에 드러내는 것(로마인에게 플로라가 개화시키는 것, 그리고 그리스인에게 'anthos'가 현현하게 하는 것)을 제아미는 불쑥 솟아오르는 생명의 경험으로 간주합니다.

개화는 자연이 대지에 베푸는 **선물**로서, 계절의 첫번째 시기primum tempus에, 겨울이 끝날 때, 새로운 태양 아래 다시금 생명이 세상에 나타나는 것입니다. 앞모습으로 나타나는 플로라 여신의 '귀환'은 그 자체만으로도 개화, 절기의 빗장 풀기, 해빙, 태음년 봄의 개시로 요약됩니다.

꽃은 느닷없는 해빙으로 인해 액체로 변한 물방울의 형태로 쏟아지는 급류 같은 것입니다. 단단하게 굳었던 것이 녹은 것이지요. 그것은 전년 겨울의 죽음 이후에 '올 한 해의 출생'인 것입니다.

봄이 되면 저절로 터져 나오는 노래(새들의 경우)가 있습니다. 겨울의 침묵이라는 것이 있듯이 말입니다. 그것은 엄밀히 말해 소리의 부재는 아니에요. 가을이 끝나 고체로 변한 물에

‡ 佐渡島: 일본 니가타현 북서쪽에 있는 섬.

는 '침묵을 명하는 기운'이 서려 있습니다. 이 침묵은 **우선적으로** 식물의 **침묵** 표명에 머물다가, 시기상조의 종말인 '너무 이르게'에 처해진 것들을 바라보는 인간에게 옮겨갑니다. 죽음 내부에서 꽃들이 피어나는 것을 보려고 꽃들 앞에 쭈그려 앉은 인간은 해체와도 같은 침묵 표명으로 인해 머리부터 발끝까지 완전히 변하게 됩니다.

이것이 너무 이르게 지는, 혹은 참수되는, 벚나무의 길입니다.

이것이 절기를 알리는 벨 소리이기도 합니다.

일본에서 미는 광휘가 아니에요(가령 수메르*에서처럼 미는 빛남을 의미하지 않아요). 섬나라에서 미란 오히려 태어나는 가장 초기의 생명체에 대한 억누를 수 없는 애정입니다. 가령 가장 허약한 존재, 가장 어린 것, 가장 갓난아기, 가장 어찌할 바를 모르는 것, 가장 덧없는 것, 새싹, 새끼 고양이, 곤충, 강아지, 분재盆栽, 끝으로 아직 끈적거리는 정액에 젖어 빛을 받은 유약처럼 번질거리며 바야흐로 벌어지려는 찰나의 꽃송이 같은 것들 말입니다.

* Sumer: 바빌로니아 남부에 위치한 세계에서 가장 오래된 문명 발상지. 지금의 이라크 지방에 해당한다.

경탄보다는 측은지심.

우렁찬 외침, 섬광, 아연실색, 광채보다는 연민.

미는 동시에 감동적인, 어린애 같은, 작은, 세세한, 미세한, 집중된, 새로운, 천진한, 순수한 것이어야 합니다.

이러한 시기상조와 순수성이 핵심적인 특성입니다.

고묘 황후*는 꽃을 만지기를 꺼렸는데, 이유인즉 자신은 두 번이나 출산한 탓에 손가락들이 충분히 순결하지 않을 것이라고 생각했기 때문입니다.

그래서 화병과 옻칠한 받침대에서 다섯 걸음 떨어져 검은 표면에 비친 상像만을 바라보고자 했습니다.

나뭇가지 끝에 꽃을 피우는 봄의 위력으로 야기된 놀라움은 절기가 보여주는 최상의 미를 구성합니다. 가장 연약하므로 가장 감미로운 것이지요.

가지에 돌연 꽃이 피기를 기다리기.

아직은 수액 껍풀 안에 웅크린 꽃눈이 개화하는 격렬한 순간을 기다리기.

* 光明皇后(701~760): 일본 아스카시대 쇼무 천황의 비. 백제에서 전파된 불교에 심취하여 불교 융성을 위해 많은 노력을 기울였다.

그러고 나서 자릅니다.

기원전 4만 년에 어두운 동굴 내벽 위 궁륭 상부에 매달린 종유석들을 끊어냈습니다.

종유석들은 떨어지면서 노래했어요.

그것이 최초의 파이프오르간이었지요.

메아리를 동반한 야릇한 음향, 아마도 짧은 부르짖음, 혹은 느닷없이 날아오르는 날갯짓 소리, 혹은 멀리서, 암석에서 솟는 샘 부근에서 들려오는 짧은 시퀀스의 노래들.

그러고 나서 올빼미들의 가냘픈 울음소리가 들리고, 까마득히 높은 어두운 궁륭 천장에 박쥐들이 들러붙어 있으며, 곰들이 해산하자 새끼 곰들이 내벽에 발톱을 갈던 동굴의 항구적 어둠 속에서 사람들은 붉은 황토나 불 주변에서 쓸어 담은 잉걸불의 재를 가지고 그림을 그렸습니다. 내벽 위에 아른거려 보이는 죽은 짐승들, 혹은 사냥 중에 급작스레 죽음을 당한 사람의 모습을 말입니다.

예술의 잠재성은 가장 오래된 동굴 이후로 **비가시적인 것**을 지향해왔습니다.

그것은 무의식적인, 더 정확히 말해 **몽환적인** 밀어내기로,

우리의 내면에서 자신도 모르게 끊임없이 발생하는 억누를 수 없는 충동을 구성하는 것입니다.

예술은 어둠 한가운데서, 야생의 자연 뒤편에서, 그리고 포유류와 수많은 새들의 두개頭蓋에서, 그들이 아무리 싫어해도 줄곧 떠나지 않는 비가시적 힘을 끌어내는 것입니다.

세계의 밑바닥에서 그것을 파내서,

적나라하게 드러내고,

윤곽을 그리고,

정수精髓를 끌어내고,

음화陰畫의 그림자로 환원될 때까지 소우주화하는, 즉 기호로 만들어낼 정도로 축소하는 것입니다.

그런 식으로 밤에 보이는 비의도적 이미지는 중국의 그림자극*으로 넘어가고, 취해진 그림자는 형태의 순전한 윤곽으로 넘어가고, 그리하여 기호는 문자로 넘어가게 됩니다.

그런 식으로 회화는 서체로 넘어가게 됩니다.

예술은 엄밀히 말하자면 부단한 sacri-fice(제물-바치기)입니다.

인간은 비가시적 힘의 억누를 수 없는 발현, 바로 그것, 가장 아름다운 것, 가장 자연스러운 것, 가장 살아 있는 것을,

* 조명에 비친 그림자를 통해 공연하는 극.

마치 맹금이 발톱으로 수면에서 잡아채거나 지면에서 뽑아내 움켜쥐듯이 손으로 따서 움켜쥐는 거예요. 아직 보이지 않더라도 싹트고 있는 형체를 말입니다.

우리가 꽃에서 **자르는** 것은 **개화**라고요.

'はな'를 곧추세움으로써 우리는 하늘로 올라간 태양의 개화를 축성하는 것입니다.

그런 식으로 세계의 동쪽 맨 끄트머리에 위치한 일본 열도에서 아름다움이란 영원토록 **태어나는 것**으로 정의될 수 있습니다.

그것은 **시초**가 있기 마련인 계절의 모든 변화에 대한 부단한 감동입니다.

그것은 보이는 것의 태어남일 뿐만 아니라, 보는 이들의 태어남이기도 합니다.

그것은 표피를 터뜨려 벌어지게 하는 봉오리입니다.

일본에서 '자연이 인간에게 말한다'는 것은 '개화가 태어남과 관련된다'는 의미입니다.

그것은 살에서 깍정이를 떼어내고, 자신을 반쯤 벌리고, 꽃대를 활처럼 구부려, 흰 정액을 분출하는 성기입니다.

꽃에 관한 연쇄 추리. 우리는 꽃에 순응함으로써 계절에 순응합니다. 계절에 순응함으로써 자연의 비영속성에 순응합니다. 자연의 비영속성에 순응하고, 그 안에서 나아가며, 다가오는 계절의 시간에 맞추어 꽃이 핀 가지를 불현듯 꺾음으로써 삶과 죽음의 순간에 순응하는 것입니다. 모든 여자와 남자와 아이가 꼭 알맞은 매 순간 전진합니다.

침묵에 싸인 도코노마 앞에서 누구나 죽습니다. 인격체로 발현된 '순간' 자체도 꺾여서 그곳에 세워진 꽃처럼 죽습니다.

죽음에 바쳐진 제물은 죽음을 향해 죽음이 좋아하는 냄새를 발산합니다. 꿈과 마찬가지로 보이지 않는 향기지요. 밤의 포착할 수 없는 세계에서 냄새도 꿈으로 변했으니까요.

도코노마는 일본 세계에서 하나의 **문**이지 서양에서처럼 틀, 즉 사각형quadrato이 아닙니다. 도코노마는 그 내부에서 한 사람이 **관조하는**con-temple **사원**temple이 아닙니다. 죽어가는 전사는 이 문을 통해 세상을 **떠납니다**. 연인은 여인의 기이한 하얀 배 위에서 자신이 열정과 공포로 바라보는 이 문을 넘어섭니다. 활력(희생된 것이 아니라 제공된)에 대한 기억은 꽃 안에서 변형됩니다. 꽃은 시들 것이라는 이유 하나만으로 기꺼이 그곳에 받아들여진 것이지요.

꽃의 진짜 정체는 이런 것입니다. 즉 벌어지고, 부풀고, 축축해지고, 자신을 내맡기는 성기라고요.

지극히 하찮은 꽃들을 다듬어 배열한다는 것은 가장 덧없는 것들, 즉 지극히 짧은 시간 내에 최대한 생명을 방출하는 꽃들을 고르고, 소량의 흙으로 빚어 가마에 구워낸 매우 취약한 편주片舟에 꽂고, 되도록 가장 조속히 침몰하는 배에서 꽃들이 나동그라지는 모습을 지켜보는 것이에요.

우리는 마치 밭 가장자리에 있듯이 고개가 숙여지고, 머리카락은 흘러내리고, 몸은 움츠러듭니다.

우리는 볼과 눈꺼풀을 손으로 감싸고 눈물을 흘립니다.

그러고 나서 귀리가 무성한 밭두렁 앞에 무릎을 꿇고 앉아 손을 들어 올립니다. 손은 눈물을 훔친 탓에 아직 새벽이슬에 젖어 있는 울타리의 상부처럼 여전히 축축하지요. 꽃이 희끄무레한 안개를 배경으로 윤곽을 드러냅니다.

우리는 하찮은 도랑 가장자리 같은 작은 단상의 끄트머리에 있습니다. 시대를 가늠하기 어렵게 색이 바랜 옛날 도자기의 동그란 아가리에 꽃을 꽂습니다.

가장 최근의 생명을 바치고 싶었던 것입니다. 가장 아끼는, 가장 오래된 집수조集水槽에 꽂아 꽃 이파리가 떨어져나가게 함으로써 말이죠.

그것은 지극히 까마득한 옛날의 대지에 가장 젊은 육신을 슬쩍 밀어 넣는 것이었답니다.

그러므로 로마나 런던이나 파리에서 하듯이 꽃다발을 만드는 일이라고 말할 수는 없어요. 세상이 생기기 이전의 공空에 꽃 한 송이를 던지는 것이니까요.

우리는 이상하기 짝이 없는 문을 통해 이 세계로 들어옵니다.

우리는 대지에 쓰러져 죽습니다. 그러면 누군가가 우리를 위해 땅에 우리를 기억하는 동시에 그 증거를 숨기는 역설적인 구덩이를 파게 되지요.

저는 저 자신의 탐구를 위해서가 아니라 꽃이 피어나는 것을 보러 일본에 갔습니다. 그런데 더 이상 보이지 않게 된 무엇을 보았어요. 태어나는 육신에 있는 최초의 끈이 사라진 장소의 특이한 향취의 끈이라는 것을 알게 된 것입니다. 즉 죽음으로 추락하는 생명을 보았던 것이죠.

그런 것이 바로 무덤이라는 입 벌린 땅과 잘린 꽃을 잇는 아주 절대적이고 매우 오래된 끈입니다. 우리는 관 뚜껑 위에 꽃을 던지고 나서 다시 흙을 덮고, 그 위에 넓적한 큰 돌을 올려놓잖아요.

자, 이제 사람들에게 꽃을 죽이라고 부추기는 동기들에 대한 성찰이 끝나갑니다. 아마 제 내면에서 완료된다는 것이 옳을 테지요.

그 전에 이하라 사이카쿠*의 한 문장을 인용하려 합니다.

그 말 덕분에 저는 꽃을 꺾는 매우 폭력적인 동작의 의미를 이해했거든요.

17세기에 오사카에 살았던 위대한 소설가였던 그는 잘린 꽃들을 아주 싫어했습니다.

그런 광경을 기필코 보지 않으려고 길을 돌아가고는 했답니다.

도코노마 앞에 곧추세워진 잘린 꽃이 보이면 방문을 중단하기도 했고요.

그의 말입니다. "식물들의 원한은 필시 지독하게 깊을 것이다."

만일 꽃과 봄이 나눌 수 없는 것이라면 꽃을 죽이는 것은 봄을 말살하는 것입니다.

봄은 신성 그 자체이므로 한 송이의 꽃도 성스럽게 여겨야 합니다.

그것은 발아 상태의 자연 본래의 모습이에요.

* 井原西鶴(1642~1693): 일본 에도시대의 시인이자 소설가. 1673년 이후 하이쿠에 몰두하여 『사이카쿠다이야수西鶴大矢數』를 간행했다. 1682년 이후로는 『고쇼쿠이치다이오토코好色一代男』 등 소설에 주력하여 일본 최초의 현실주의 시민문학을 확립했다.

그것은 끝나는 꿈, 예측 불가한 각성의 순간이에요. 딱히 이유도 없는데 벌어져서 수정되는 성기랍니다.

잉태나 번식에 소속되지 않은 수컷 성기라기보다는, 개체들을 퍼뜨리는 암컷 성기입니다.

1928년 어느 날, 화도花道의 대가인 다케다 보쿠요는 자신의 집 정원에 비석을 세웠습니다. 새겨진 비명은 "희생된 꽃들의 영혼에 바치노라"였어요.

일본의 위대한 소설가 사이카쿠가 꽃병에 꽂힌 꽃이 (인간에게 지독한 원한을 품으며) 죽어가는 집의 거실을 피해 나왔다면, 프러시아의 위대한 철학자 쇼펜하우어는 베를린에 있는 자신의 아파트 살롱에 놓기에는 꽃들이 지나치게 음란하다고 여겼습니다. 삶의 의지를 적나라하게 드러내는 꽃다발이 테이블 레이스 깔개에 놓인 모습이 그의 눈에는 가슴이 노출된 블라우스나 단추가 풀린 바지처럼 보인다고 말했습니다. 적어도 음악(여전히 아르투어 쇼펜하우어의 말인데요)에는 수줍어서 눈에 띄지 않으려는 정숙함이 있다면서요. 다음은 그의 단언입니다. "꽃 안에서 대상이 된 의지는 표상*이다.

* 지각에 의거하여 의식에 나타나는 외계 대상의 상像을 의미하는 철학 용어.

꽃들에 내재된 인식 능력의 과잉은 꽃들이 **파렴치하게도** 빛을 향하게 한다. 그것은 마치 noumènes(물자체物自體)*를 보는 것과도 같다."

결론을 말씀드리겠습니다.

소설가 이하라 사이카쿠와 반대로, 철학자 쇼펜하우어와 반대로, 15세기 초엽의 비극 작가 제아미 모토키요는 모든 예술(어떤 것이든, 어떤 의미에 호소하든)의 목표는 꽃이라고 완강히 단언했습니다.

요약하겠습니다.

일본인이 *はな*라고 부르는 것, 그리스인이 anthos라고 부르는 것, 로마인이 flos라고 부르는 것, 프랑스인이 fleur라고 부르는 것, 그것은 일종의 응축된 *kairos*†입니다. 일종의 비계

지각의 대상이 현전해 있는 경우(지각 표상), 기억에 의해 대상의 상이 재생되는 경우(기억 표상), 이전 지각의 제 요소가 주관적으로 결합되어 나타나는 경우(사상 표상)가 있다.

* 칸트 철학의 중심 개념으로, 인식 주관에 나타나는 현상으로서의 물物이 아니라, 그 자체로 객관적으로 존재하면서 현상의 기초를 이루는 물을 의미한다.

† '때'를 나타내는 그리스어에는 *καιρός*(카이로스)와 *χρόνος*(크로노스) 두 가지가 있다. 전자는 '시각'을, 후자는 '시간'을 가리킨다. '크로노스 시간'은 과거부터 미래로 일정 속도와 방향으로 흐르는 연속된 시간을, '카이로스 시각'은 일순간이나 주관적인 시간을 나타낸다.

절적 계절입니다. 그리스인이 théôria(관조)라 부르고 로마인이 spectaculum(관조)이라 부르는 것 가운데서, 아주 고운 종이 재질의 펼쳐진 가케모노의 지면 가운데서, 음악의 파도 가운데서, 화폭의 여백 가운데서, 침묵 가운데서 발생하는 일종의 '돌연한 극심한 개화'입니다.

불시에 덮쳐 경탄을 불러일으키는 감동.

한순간의 **섬광**.

오로라와 새벽 사이의 찰나.

심장을 관통하는 무엇.

콕콕 찌르는(폐부를 찌르는 듯한) 꼬집히는 아픔.

종지부를 찍는 '**너무 이르게**'.

꽃들의 진짜 언어, 그것은 압축된 극소화 상태의 시간이에요.

혹시라도 제가 감히 이런 단어를 만들어낼 수 있다면, (침묵하며 주의 깊게 주시하는 공간에서, 배우가 중얼거리거나 춤을 추는 어두운 무대에서, 욕망하는 알몸의 표면에서) 갑자기 순간적으로 가능해진 '강렬한 조기 결실'에 대해 말할 것입니다. 하지만 그것은 우연한 것, 간헐적인 것, 다른 세계에서 유래한 것, 천둥소리를 앞지르는 빛의 속도, 지속보다 더 빠르게 내달리는 질주입니다.

시간의 범위를 밤의 밖으로, 그리고 낮의 밖으로, 기이하게 확장하기 위해 시간에서 솟아오른 비시간.

시간의 단축으로서의 이러한 시간은 글을 써야 할, 그림을 그려야 할, 작곡을 해야 할, 경탄을 해야 할 순수한 감각입니다.

이런 고요(폭풍 전의 잔잔한 물결).

예기치 않게 육신을 전복할 무언가를 비축하는 느린 서두름.

책 안에서 영혼을 통과하는 이미지 같은 것.

하늘로 파고들어 설명할 수 없게 흩어지는 구름 같은 것.

빨아들이는 허공 같은 것.

지나가는 **천사*** 같은 것.

고대 그리스인들이 지나가는 '헤르메스'†라 부르던 것은 무엇인가요?

중세 유럽의 기독교인들이 지나가는 '천사'라 부르던 것은 무엇인가요?

준비되지 않은 침묵입니다.

어떻게인지는 모르지만 대화 도중에 피어난 **침묵의 꽃**입니다.

* 대화 도중 이야기가 끊어져서 멋쩍은 침묵이 흐를 때 어색함을 무마하기 위해 "천사가 지나간다Un ange passe"라는 표현을 쓴다.

† Hermes: 그리스신화에 나오는 전령의 신. 날개 달린 모자를 쓰고 날개 달린 신을 신고 두 마리 뱀이 감겨 있는, 독수리 날개가 달린 지팡이를 들었다.

천사가 지나갑니다Un ange passe.

침묵 속에서, 갑자기, 우리는 시간의 벽인 음音의 벽을 통과합니다. 고대 일본인들의 마ま는 벽을 가르는 흰 공간입니다. 번개는 폭풍이 몰아치는 하늘에서 갑자기 상하로 내리긋는 노란색 혹은 하얀색 꽃입니다. 그것이 하늘을 찢고, 하늘을 엽니다. 하늘의 꽃잎이 갑자기 땅에서 짓이겨지며 대지를 타오르게 합니다. 우리는 삽시간에 목도한 것을 기록하려는 절박한 심정을 느낍니다. 아직은 아니지만 써놓지 않으면 곧 흔적 없이 사라지게 될 테니까요.

사라지는 것을 움켜쥐기.

바로 '죽기 전에 그것을 끝장내는' 느낌.

이런 것이 일본에서 꽃이라 부르는 것입니다.

벼락이 치기에 앞서 번개가 하늘을 가르잖아요.

신들린 상태의 몸이, 예고도 없이(예측할 수도 없이), 위험천만하게 고개를 뒤로 젖히고 나동그라집니다.

라스코 동굴에 사람이 그린 최초의 형상화는 한 남자의 모습으로, 성기가 곤두서고 두 팔을 뒤로 젖힌 채 구부린 자세로 쓰러지고 있습니다. 꽃잎이 떨어지듯 쓰러지는 자신의 모습을 보지 못하면서요.

잘린 꽃에서는 불안이 공중에 흩어지지 않고 **피어납니다**.

망아의 지경에 빠지기.

예측 불가한 박리剝離의 황홀경.

pâmoison*이라는 단어는 도취 상태를 의미하는 프랑스 고어입니다.

라틴어 spamare는 경련을 일으키는 매우 불수의적不隨意的인 행동을 나타냈습니다. 라틴어 단어에는 그리스어의 (경련을 뜻하는) spasmos가 (가쁜 맥박을 가리키는) palmos와 교차했고요.

투롤두스†는 프랑스어로 쓰인 아름다운 최초의 텍스트 중 하나에, 롤랑이 소나무 아래 바위에서 숨을 거둘 때 'pâmoison' 상태에 이른다고 기록했습니다.

시간의 경련.

다음 순간에 앞선 순간.

앞선 순간이란 욕망입니다.

다음 순간, 오르가슴에 달해 정자를 분출하는 성기는 빛 속에서 여전히 생명의 잿물에 덮인 채 주저앉고, 수축되고, 메

* 흔히 'tomber en pâmoison'이라는 표현에 쓰인다. 즉 '트랜스 상태에 빠지다, 희열로 인해 현실감을 잃다'라는 의미다.

† Turoldus/Turold: 11세기 무훈시 『롤랑의 노래』의 저자에게 전통적으로 부여된 이름.

마르고, 죽습니다.

이런 식으로 꽃은 다음 순간에 앞선 순간을 가리킵니다.

한 송이의 꽃에서는 어느 것이나 모두 중요합니다. 꽃을 받치는 가지, 가지를 에워싼 잎들, 종 특유의 형태, 꽃잎의 색과 질료, 꽃의 이름과 꽃말, 떠올리는 신화, 추론되는 상징들, 배경인 내벽에 생기는 그림자, 이미 느껴지는 포기, 꽃이 내뿜는 다른 무엇과도 비교할 수 없는 향기, 수직으로 꽃을 떠받치는 대나무 버팀목과 줄기 사이의 분기分岐, 시작되는 시듦, 색의 점진적 약화, 마침내 현장에서 목도되는 죽음, 공간으로의 낙화, 꽃의 침묵까지도.

2

Dies est Dieu
(낮은 신이다)

신경쇠약에 걸리면 영혼은 낮을 견디기 힘들어진다.

우울증 환자의 문제는 단순하다. 즉 낮 동안의 불안을 어떻게 견딜 것인가?

난관cap인 하룻낮journée을 어떻게 돌파할 것인가?

그런 이유로 수평선에 태양의 '원반'이 나타나며 시작되는 '하룻낮'은 시시포스의 **바위**로 변해버렸다. 밤과 밤 사이에, 두 손을 머리 위로 뻗고 앞으로 바위를 굴려 올려야 한다. 하룻낮이라는 엄청난 **산**을 매 순간 기를 쓰고 올라가야만 한다. 그렇지 않으면 느닷없이 심연이 입을 쩍 벌린다. 그렇게 되면 그리로 굴러떨어지거나, 자칫 눈길이라도 주게 되면 돌연 엄습하는 불안에 급전직하로 빠져들거나, 못 견뎌서 창문을 열어젖히고 뛰어내리게 된다. 불안이란 스스로 자양분을 취하면서 겁에 질리고, 점점 더 미쳐 날뛰는, 요컨대 '눈덩이처럼 불어나는' 것이다. 그러므로 불안에 빠지더라도 절대 당황해서는 안 된다. 하룻낮을 '산山'으로 만들게 되니까.

1914년 11월, 프로이트는 (불안하다는 표현을 피하자면) 무료하다. 전쟁 중이라서 더 이상 환자도 오지 않는다. 정신분석이 무엇일 수 있는지조차 더 이상 생각이 미치지 않는다. 자신이 확립한 이론임에도 광기 어린 죽음의 욕망과 새로운 전쟁을 주도하는 황당무계한 사회적 선동에 의해 그 존재가 위협받고 있는데도 말이다. 지금은 아르덴 전선에 위치한 숲이나, 알자스를 에워싼 포레누아르*나 우트르포레,† 또는 헝가리에 속한 타트라스산맥‡의 숲에 샨도르와 짝을 지어 버섯을 채취하러 가기에는 분명 적절한 시기가 아니다. 하지만 주체할 수 없이 많아진 빈 시간에 모호하고 고통스러운 공백 속에서 그는 하염없는 기다림에 지쳐 있다. 단지 소집령, 혹은 주요 환자들에게 내려진 황실 영토 내의 거주 금지령, 또는 철조망에 가로막혀 한결같은 옛 친구들이나 새로운 길동무들

* Forêt Noire: 독일 남서부의 숲과 산악 지대로, 독일어로 슈바르츠발트Schwarzwald라 한다.
† Outre-Forêt: 알자스 지역 북쪽에 위치한 자연 지역.
‡ 폴란드와 슬로바키아에 걸쳐서 위치한 산맥.

의 국경 통과가 불가능해진 탓만은 아니다. 연구에 매진할 수 없는 이유는 전쟁 자체, 즉 공업의 급격한 변화, 애국 히스테리, 유럽 전역은 물론 거의 전 세계로 확산되는 전쟁 때문이기도 하다. 드디어 아들들과 사위들의 안위가 걱정되기 시작한다. 텅 빈 빈은 문명 세계 수도로서의 역할이 끝났고, 제국이 패망했고, 새로운 시대가 열리면서 계몽주의 시대가 막을 내린다는 느낌이 든다. 그는 이렇게 기록한다. "매일 만날 약속이 취소되고 뭔가가 부스러진다. **무슨 일을 하며 하룻낮을 보내야 할지 모르겠다**." 10월 17일, 그의 형이 자살했다. 1914년 10월 21일자 「사우스포트 가디언Southport Guardian」*에는 이런 기사가 실렸다. "토요일 오후, 맨체스터발 사우스포트행 급행열차가 파볼드역을 통과할 무렵 승강구 문이 열려 있음을 발견했다. 꽤 나이 든 한 남자가 철로에 쓰러져 있었다. 시신의 신원은 에마누엘 프로이트 씨로 밝혀졌다."

매우 단순한 다음 사실을 떠올려보자. 외톨이의 삶에서는 측정 단위가 하루jour다. 짐승들의 삶에서도 마찬가지다. 어느 날 내가 사회를 떠날 결정을 내렸을 때(하늘이 파란 4월의 어느 날, 루브르에서 돌아오는 길에 퐁루아얄 다리를 지날 때),

* 잉글랜드에서 수요일, 금요일에 발행되던 지역 신문.

나는 일주일을 포기한다는 생각이 들지 않았을 뿐만 아니라, 인간의 이런 기준이 얼마나 인위적인지 잊고 있었다. 더욱이 이런 구속이 얼마나 종교적 성격을 띠는지도 잊고 있었다. 요컨대 일하지 않는 무신론자 남자에게 hebdomade(일주일)의 일곱 시기 리듬은 완전히 생뚱맞은 것이다. (1789년 혁명주의자들에 의해 7일이 10일로 대체되었지만, 그것이 내 생활 리듬에 더 부합하지도 않는다.) 나의 단위는 (고양이나 새들의 경우처럼) 하루다. 나는 태음월도 지켜보았다. 하늘에서 시시각각 변하는 태음월의 단순하고 매혹적인 도정을 세심하게, 심지어 **감격스럽게** 바라보노라면 매일 하는 황혼 녘의 산책이 밤이 시작될 때까지 이어지고는 한다. 그런 연후에도 한밤중에 어둠 속에서 알몸으로 창가에 달려가 나무 덧창을 열어젖히고 맞바로 달을 바라본다. 그리고 캄캄한 하늘에서 변해가는 달의 모습에 놀라움을 금치 못하고, 그 움직임에 깊이 감동한다. 그러고 나서야 칠흑 같은 밤의 어둠 속에서 시트를 들치고 침대로 들어가 (이미 오래전에 낮이 끝나버려 캄캄하지만) 더 어둡게 할 셈으로 시트를 눈썹까지 치켜올렸다가 차츰차츰 입술께로 말아 내린다.

하늘에 핀 기묘하고 창백한 꽃은 형태가 변하면서 자리를 옮긴다. 마치 둥근 원반이 살아 있고, 움직이고, 기울고, 이지

러지고, 본모습을 되찾고, 이야기를 늘어놓을 뿐만 아니라, 심지어 알아야만 할 무슨 말을 기록하는 듯이 보인다.

나는 아침저녁으로 짐승들처럼 하늘에서 달을 읽었다. 달이 사라지기 전에, 필연적으로 동이 터오는 대기에서 표면이 점차 흐려지다가 돌연 윤곽마저 지워지기 전에.

시간 여유가 있으며 구름이 없는 저녁에, 석양에, 밤에 달의 변모를 바라보기란 확실히 인간의 가장 오래된 독서의 기본이다.

두번째 단계에서는 낮에 빛의 양이 증가하거나 축소됨에 따라 하룻낮의 실질이 늘거나 줄고, 할 수 있는 일들이 분산되거나 드물어진다.

마지막 단계에서는 이러한 전진과 수축의 움직임 속에서 시간의 막강한 왕국으로 확립된 1년을 읽는다. 로마인들의 경우 3월에서 3월까지(구석기시대의 옛날식 날짜 계산 방식으로는 2월에서 2월까지)의 1년은 사계절로 뚜렷이 나뉘고, 그 변화가 매우 생산적이며, 계절에 따라 발현되는 현상과 우연한 일탈로 인한 영향력이 무척 지배적이며 일관적이다. 느낄 수 없을 만큼 느리게 지속되는 그 부단한 움직임은 우리를 '감동시킨다'.

사슴 가죽에 프랑스어로 쓰인 최초의 시*는 에울랄리아 성녀[†]에게 헌정되었다. 881년 2월 14일 수요일, 발랑시엔[‡] 하항河港 부근의 생타르망 수도원에서였다. 라틴어로 '겨울'은 여성명사다. 카탈루냐 공국[§]에서 Eulalia(에울랄리아)는 늙은 Hiems(겨울)을 가리키며, 한 해가 끝나는 날 그 목을 벤다. 공국의 성벽과 옛 로마 항구인 바르셀로나를 에워싼 교구 전답들 주위를 열두 번 도는 긴 여정을 마친 연후에 짚으로 만든 꼭두각시를 요비우스산 정상에서 참수한다.

Hiver(겨울)는 '죽었다'.

어둠 속에서 태음월의 첫 달이 떠오른다.

다음은 프랑스어로 쓰인 최초의 시 마지막 행이다.

In figure de colombe volat al ciel(비둘기의 형상으로 하늘로 날아올랐다).

그런데 날마다 태양일의 길이와 해마다 태음년의 길이는

* 「성녀 에울랄리아의 애가」라는 시로, 생타르망 수도원의 한 수도사가 일반 신자들이 기도문으로 부를 수 있게 만든 종교적 상송이다.

† Saint Eulalia(290?~303): 바르셀로나의 공동 수호 성인. 로마 황제 디오클레티아누스가 기독교인을 박해할 때인 303년 2월 12일에 바로셀로나에서 열세 살의 나이로 순교했다.

‡ Valenciennes: 프랑스 북부 노르파드칼레 지역 노르주에 있는 도시.

§ Principat de Catalunya: 스페인의 지중해 연안에 위치한 중세 말기의 공국.

물결에 휩쓸리며 서로 휘말린다. 끊임없이 회귀하는 이 야릇한 파도 속에 인간 세상에 속한 것이라고는 아무것도 없다.

Dies est Dieu(낮은 신이다).

만일 낮jour이 지구가 자전하는 동안 태양이 지표면을 향하는 단일 단위이고, 자전 자체가 광합성이 진행 중인 나뭇잎과 풀들의 끊임없는 허기에 바쳐진 것이라면, 만일 하룻낮journée이 원초적 내파內破의 하류에서 비롯된 시간의 변수인 것과 마찬가지로 시간의 하류에서 비롯된 생명의 변수變數라면, 밤nuit은 전혀 다른 것으로 상수常數다.

상수인 밤은 절기와 해와 나이와 시대를 통과한다. 그것은 까마득하게 높은 대기에 존재하는 기원으로서 죽음 안에서 '그 자신'과 합류하는 듯하다. 우리가 꿈을 꾸는 밤 자체는 감시가 제거된 꿈과 같은 것이다. 꿈은 영혼에서 구어口語의 기이한 빈곤을 지워버리는 이미지 체계로서, 몸에서 육신의 노역으로 인한 고된 흔적의 때를 벗겨내고, 사회생활에서 비롯된 고달픔과 피로를 씻어주는 부동 상태다. 밤은 시간의 흐름, 노력, 억압, 문화, 나이, 작업을 어둠에 적셔서 씻어낸다. 또한 밤은 내재성의 바탕이다. 구획이 부재해서 포착 불가능한 어둠에서 낮이 솟아오른다. 끝으로 욕구(허기로 인한 게걸스러운 식탐의 욕구, 분변 배출의 욕구)가 극에 달할 때, 동물의 몸 내부에 군림하는, 처량한 물결에 속하는 완전히 다른 어둠도 있다. 소화기관의 캄캄한 도정을 따라가는 여행의 밤.

게다가 에로스의 순수한 밤, 야간 배회의 밤, 야간 배뇨의 밤, 쾌락으로 인한 충족감은커녕 더욱 외로워지게 만드는 새벽녘 사정射精의 밤이 있다. 꿈을 꾸는 영혼이 모든 속박에서 풀려나 알 수 없는 여행을 하는 초시간적 하룻밤nuitée. 자연의 사계절과 무관하게 이미 존재하는 절대 어둠의 밤. 역사의 지배와 무관하게 이미 존재하는 절대 지하이자 죽음의 세계인 암흑.

밤은 실질적(보호하는, 명료하지 않은, 두터운, 행복감을 주는, 외피의, 모성의) 위상을 지닌다. 다소간 내 경험에서 도출된 생각일 것이다. 나는 불면증을 음미하며 즐기는 편이라 수면제로 해결한 적이 한 번도 없을 뿐만 아니라, 오히려 늘 기회로 활용하고자 했고, 잠을 놓쳤지만 기회를 잡는 데 늘 성공했고, 항상 저항을 다스릴 수 있었다. 심지어 극도로 무기력할 때나 기진맥진과 비몽사몽의 중간 상태에서도 사나운 짐승의 예측할 수 없는 반격에 되도록 자주 당당히 맞섰고, 놈의 **야만성**을 야간의 문학 작업으로 어느 정도 길들일 수 있었다.

밤은 해저와 같은 것으로, 그곳에서 끊임없이 말리면서 부서지는 파도로 인해 대륙들(여기서 대륙이란 태음월들과 각 계절 특유의 감동의 덩이들을 말한다)이 전진하고 변형된다. 천지에 퍼진 난폭한 하룻낮이 끝나자 어두운 밤이 찾아오는 것은, 밤이 하늘의 심층에 있다는 사실을 구현하기 위해서, 즉 자연의 형태로 지상에 생명을 허락하는 별과 태양의 외파外破 상류에서 일어나는 불투명하고 농밀하고 소리 없는 내파內破를 구현하기 위해서일 뿐이다.

흘러넘치는 시커먼 구멍, 그리고 그곳에서 발원된 공간. 그것은 확산되고, 튀어 오르고, 먼지처럼 반짝이고, 잘게 부서져 흩어진다. 시간성으로, 기상학으로, 생략으로, 경련으로, 놀라움으로.

낮은 계절에 따라 조바꿈을 한다. 그것이 낮의 작업으로 변화되는 아름다움이다.

밤은 자제하고, 한결같고, 완강히 버티며, 한없이 침묵한다. 그것이 바탕이다.

오로라여, 어디로 달려가는가? 머무르라, 실낱처럼 가느다란 놀라운 빛이여! 오로라여, 새벽을 경계하라! 새벽은 내가 선호하는 시간이다. 세계가 바야흐로 가장 순수해지는 시간이다. 대기가 가장 싱그러운 때다. 새가 커다란 목청과 자그마한 머리에서 지극히 맑고 경이로운 노랫소리를 뽑아내는 때다. 나뭇잎이 최초의 희미한 빛 속에서 대기가 은밀하게 흘린 눈물인 이슬을 떠받치느라 늘어지는 때다. 이파리에 서린 새벽을 마시거나 제 몸에 묻은 새벽을 채취하는 새들의 부리와 고양이들의 할짝대는 입술이 닿기를 기다리면서.

3

불행

그녀는 불행한 여느 여자애처럼 어떻게든 마음을 다잡아보려고 애썼다. 기묘하게 몸을 웅크렸다.

이 세상에 자기를 구하러 와줄 이가 아무도 없는데, 달랑 혼자서 어떻게 둘이 되겠는가?

출생하면서 다른 세계의 주머니를 옆에 건사해두지 못했으므로 극도로 처량한 상념이 깃든 장소에서 우리는 얼굴을 가슴에 파묻고 되도록 힘껏 두 팔로 감싸 안는다.

그렇게 두 팔이 두 손에, 두 손이 양 눈꺼풀에 덧붙여진다.

우리는 흐느낌이 담뿍 들어찬 공으로 변한다.

시간의 단위는, 불행이라는 단어 안에서, 잘 흐르지 않아서 아예 멈춘 듯 느껴지는 시간을 가리킨다.

이따금 우리는 제자리에서 맴을 돈다. 빙글빙글 회전한다.

혹은 벽시계의 흔들리는 추처럼 연신 앞뒤로 몸을 흔든다. 벽시계는 더 이상 시간을 가리키지 못하고 오래된 집의 낡은 가구의 기억만을 떠올리게 한다.

혹은 한순간도 멈추지 않고 머리를 좌우로 빠르게 흔들어 댄다. 일종의 현기증이 일며 차츰 뇌 깊숙이 뿌연 안개가 들어차서 온갖 상념이 피투성이가 되고, 뒤얽히고, 얼이 빠진다. 그러고 나서 뒤죽박죽 휩쓸리다가 슬며시 진정된다.

때로는 두 눈을 감는다. 어떤 소리에도 개의치 않는다. 시계視界에 나타날 우려가 있는 어떤 모습도 묵살한다. 귀를 틀어막는다. 꼼짝도 하지 않는다.

혹은 (어렵고 별난 방식이지만) 바라보는 대상에게서 아무것도 보지 않도록 조심한다.

물론 그 무엇도 사라질 리 만무하지만, 무엇에도 놀라지 않고 아무것도 뚫어지게 바라보지 않는다. 시선에 각막백반* 같

* 각막염, 각막궤양 등이 있은 뒤에 생기는 자국으로, 빛이 통과하지 못하는 정도일 때 각막백반이라 한다.

은 것을 고안해서 파동이 오는 즉시 발송자에게 반송되게 함으로써 영혼이 인지하지 못하게 한다.

주변에 호의적인 어떤 인물도 보이지 않으므로 아무도 우리에게 다가와 자신의 온기를 좀 나누어주거나, 마실 것을 주거나, 먹을 것을 주거나, 편들어주거나, 낮의 빛 속에 불쑥 나타나거나, 돌아오거나 하지 않으므로 우리는 자신이 잠겨 있는 '텅 빔'에서 아무것도 보지 않는 편이 바람직하다.

이유인즉 혹시 사람의 그림자가 우연히 우리 몸 위에 비치더라도 우리가 팔꿈치로 얼굴을 가릴 충분한 근거가 될 터이므로.

나는 무릎 사이에 머리를 묻었다.

두 무릎의 네 개의 뼈 위에 턱뼈를 놓는 것은 얼마나 감미로운가!

그렇게 뼈들은 죽음에서 재편성된다.

확실한 공격에는 되도록 신체 면적을 최소화한다.

우리는 빛 속에 나타났는데, 그곳에는 우리를 위해 마련된 자리가 전혀 없으므로 되도록 최소한의 자리를 차지한다.

웅크린 채 두 다리 사이에 손을 밀어 넣어 페니스를 아주 세게 움켜쥔다.

페니스가 단단해지고 휘어지기를 기다린다. 마치 암소의 뿔처럼.

마치 총검의 손잡이처럼.

마치 칠흑같이 캄캄한 둥근 하늘 한복판에서 안쪽으로 휘어지는 영락없는 첫번째 초승달처럼.

덧없는 쾌락을 애써 연장하며 시간이 흐르기를 기다린다.

우리는 불멸의 존재다. 밤의 어둠 속에서 먼 곳의 달(사실상 우리가 단번에 의식을 잃게 되는 어둠 자체가 아니라면 결코 가까워질 수 없는 무無)에 이끌려 뒤척이며 둥글게 휘고 요동치는 해수면의 파도와 마찬가지로.

4

Stat rosa![*]
(지난날의 장미!)

고대 로마인들은 자연 세계에 대해 후세의 우리가 지닌 견해보다 식물을 훨씬 더 동물적으로 여겼다.

printemps(봄), puer aeternus(영원한 아이), 매번 솟아오르는 봄을 돌보는 영원한 아이.

봄의 'premier temps(최초의 시기, 즉 시초)'에 어느 날 우리의 유년기가 떠나는 것이 아니다. 모든 것이 갑자기 미세한 상태로 추방되어 대기로, 빛으로, 추위로 밀려난다.

영원한 조숙. 영원토록 곤두선 페니스를 지닌 시바 신,[†] 날

* 움베르토 에코의 『장미의 이름』 마지막에 나오는 결구인 Stat rosa pristina nomine, nomina nuda tenemus(지난날의 장미는 이름으로만 존속하나니, 남은 것은 그 덧없는 이름뿐이로다)에서 따온 말.

† 힌두교 삼주신의 하나로, 파괴와 재생의 신이다. 남근이 그 상징이다.

개를 태우는 성급한 이카로스,* 기쁨에 겨워 날아다니는 돌고래, 죽는 랭보,† 낙하하는 꽃, 어두운 하늘을 향해 소리쳐 부르다 숨을 거두는 메시아 예수, 아테네 불레‡의 계단에서 승전보를 전하고 숨이 끊어지는 전령 에우클레스,§ 한순간의 아름다움을 지닌 오로라.¶ 그녀는 그녀를 꿈꾸느라 곤두선 엔디미온**의 페니스 위에 앉는다. 고대 세계에서 아름다움은 지속의 개념과 완전히 동떨어진 것이다.

『우리 중 아무도 돌아오지 못하리』의 매우 아름다운 어느

* 그리스신화 속 인물로, 아버지 다이달로스가 밀랍으로 만든 날개를 달고 크레타섬을 탈출할 때 너무 높이 날다가 밀랍이 태양에 녹는 바람에 떨어져 죽었다.

† Arthur Rimbaud(1854~1891): 프랑스 상징주의를 대표하는 시인으로, 대표 시집으로 『지옥에서 보낸 한 철』이 있다. 유럽과 아프리카 등을 방랑하다 서른일곱 살에 요절했다.

‡ 고대 그리스에서 도시의 일상 업무를 관장하는 시민 협의회.

§ Eukles: 기원전 490년 마라톤 평원에서 벌어진 제2차 페르시아전쟁에서 아테네의 승전보를 알린 전령의 이름. 그러나 이 사람은 페이디피데스, 테르시포스, 디오메데스 등 여러 이름으로 전해지고 있다.

¶ 프랑스어 Aurore는 새벽에 앞선 '오로라'(최초의 빛, 여명)이면서 '오로라'를 인격화한, 로마신화 속 새벽의 아우로라Aurora(그리스신화의 에오스Eos에 상응)이기도 하다.

** 그리스신화에 나오는 엘리스의 왕으로, 제우스의 아들 또는 손자라고 한다. 그의 미모에 반한 달의 여신 셀레네가 그를 동굴에 잠재우고 밤마다 찾아와 50명의 자식을 낳았다고 전해진다.

한 페이지에서 샤를로트 델보*는 자신이 아우슈비츠에 입소했던 이야기를 차마 꺼내지 못한다. 그리고 불쑥 생뚱맞은 질문을 던진다. “하룻낮journée의 전개”에 관한 이야기가 있을 수 있는가? 그리고 수수께끼처럼 이렇게 덧붙인다. “하룻낮보다 더 영원에 가까운 것이 무엇이겠는가?”

Stat rosa! 존속하라 장미여! 가장 짧은 지속이 영원하리라!

크로톤의 알크메온†은 아리스토텔레스가 『난제들』 916쪽 a문단 서른세번째 줄에 기록한 다음과 같은 말을 인용한다. “사람들은 시작과 끝을 잇지 못하므로 죽는다.”

영원은 기억 주기의 토대일 것이다.

삶에서 죽음으로의 부단한 왕복 운동. 죽음이 봄에, 봄에 피는 꽃들에, 초목들에, 놀랍게도 순식간에 떼를 지어 함께 날아가는 철새들의 이동에, 실제로 태음년의 세 절기에 시종

* Charlotte Delbo(1913~1985): 아우슈비츠에서 살아남은 프랑스 작가. 『우리 중 아무도 돌아오지 못하리』, 『아우슈비츠와 그 이후』, 『날들과 기억』 등의 작품을 남겼다.

† Alcmaeon of Croton(기원전 510~?): 고대 그리스의 크로톤에서 살았던 의사, 과학자, 피타고라스학파에 속한 철학자. 주요 저서로 『자연에 대하여』가 있다.

일관 새들을 인도하는 별들에 깃들어 있듯이 말이다.

인간들의 시간과 신들의 시간은 교차해야 할 것이다.

새벽 안에서 오로라가 교차하듯이.

죽음과 불사는 동일한 것이라야 한다.

Stat rosa nomine pristina! 장미는 그 이름으로만 존속하도다!

우리가 손에, 영혼에,

기억 깊은 곳에 지닌 것은

'허울뿐인 이름nomina nuda'에 불과하구나!

매우 로마적인(발뱅*적인 발상과 흡사한, 매우 말라르메†적인) 이런 발상은 얼마나 기이한가!

만일 기억(고유명사들에 의한)이 산 자와 지옥 사이의 가교라는 것이 사실이라면, 실재le réel가 단어들의 의미 작용만 못하다는 믿음은 참으로 그릇된 생각이기 때문이다.

아름다움이 예측 불가한 날씨와 무관하다는 믿음은 참으로 그릇된 생각이기 때문이다.

* Valvins: 일드프랑스 지방의 마을. 말라르메가 말년에 이곳과 파리를 오가며 작품 활동을 하다가 생을 마감한 곳이기도 하다.

† Stephane Mallarmé(1842~1898): 폴 베를렌, 아르튀르 랭보와 더불어 19세기 프랑스 상징주의를 대표하는 시인. 대표 시집으로 『목신의 오후』가 있다.

게다가 끈적이는 싱싱한 꽃눈도,

성기에서 솟아나는 야릇한 즙도,

여자의 은밀하고 미끈거리는 갈라진 틈 속에서 출렁이며 요동치는 샘도 아름다움에 속하지 않는다는 믿음,

그리고 아름다움의 출현이 이르게 찾아오는 불가항력의 충격적인 죽음과 무관하다는 믿음은 참으로 그릇된 생각이다.

5

낮이란 무엇인가?

실제로 낮이란 무엇인가? 낮의 지속 시간은 일정하지 않다. 낮이 존재한 이후로 단 두 번의 낮도 길이가 동일하지 않았다. 방향성이 있으며 불가역적인, 역행 불가의, 정지 불가의 지속 시간을 낮이라 부르는 것은 자의적이다. 낮은 새벽에 앞선 오로라의 마지막 순간부터 저녁이 시작되는 일몰까지 지속된다. 일광 자체는 기묘한 황혼 빛 속에서 점진적으로 쇠퇴하는 가시 세계와 더불어 점차 사라진다.

낮은 태양계 내부의 지구에 살고 있는 새싹들, 숲들, 새들, 야수들에게 귀속된 '빛의 운명'이다.

프랑스어 단어 jour는 라틴어 diurnus에서 파생했다. 그런데 문헌학자들은 라틴어 dies(날, 하루)가 diurnus(낮의)라는 형용사에 정확히 부합하지 않는다는 사실을 역설한 바 있다.

diurnus, giorno*는 태양의 광채로 발생한 빛이 지구의 이러저러한 부분에 비치는 순간부터 시작되는 시간의 지속에 관한 것을 고려한다.

오로라의 '발단', 황혼의 '초과분', 야릇한 '끝마무리' 특유의 '어스름한' 빛은 낮에 포함되지 않는다.

하룻낮journée은 그러므로 잠에서 깨어난 주행성晝行性 동물들의 시선에 명확한 지각이 가능한 동안의 시간이며, 잎을 활짝 펼쳐 햇빛을 흡수하는 식물들에게 영양이 공급되는 동안의 시간이다.

이처럼 'jour'에 비해 'journée'라 부르는 것은 사람과 무관하게 밤과 밤 사이에 **빛을 퍼뜨리는** 무엇이다. 그것의 도정이나 그림자의 변모는 수정될 수 없다. 그것은 불가피하게 전진한다. 규모도 줄이지 못한다.

불행한 자에게 낮의 지속 시간(달이 질 때부터 다시 뜰 때까지)은 열세 단계를 거치는 동안 자신이 메고 가는 십자가다. 빛이 희미해지며 달이 지면 그는 두려움에 떤다. 달이 사라짐과 동시에 자신의 근심이 되살아나기 때문이다. 어둠이 내리면서 달이 다시 떠오르면 그는 낮에서 벗어나게 되므로 마음이 진정된다.

* 이탈리아어로 '날, 일, 낮, 일광, 햇빛, 태양'을 뜻하는 남성명사.

최초의 춤은 독무다.

최초의 춤은 검푸른 하늘의 궁륭에 뚜렷이 떠오르는 달과 같은 것이다.

달 자체는 하늘로 떨어져 나간 지구의 한 조각이다. 누구나 어머니에 대한 향수를 지닌 어린애인 것과 흡사하다.

흔들기의 기본은 2다. 잃어버린 자의 기본은 2다.

태어난 자/잃어버린 자.

나타난 것/사라진 것.

자폐증 아동들은 몇 시간씩 좌우로 몸을 흔든다. 잃어버린 '기본 리듬'을 되찾으려 애쓰는 것인데, 그 리듬은 출생일dies natalis에 두 개의 폐가 분리되면서 눈 깜짝할 사이에 자유로운 대기에 내던져지며 그들이 잃게 된 것이다. 자폐아들은 몇 시간씩 좌우로 몸을 흔들면서 물결의 움직임이 돌아오기를, 예전 상태로 회귀하기를, 즉 태양이 비치는 세계가 아니라 자신들이 경험한 최초의 세계인 오직 심장 박동만 느껴지는 곳에 자신이 다시 끼워져 예전처럼 품어지기를 추구한다. 태양이 비치는 새로운 세계인 대기권의 공간에는 자신들이 살아가고, 보고, 굶주리고, 추위에 떨고, 호출하고, 울부짖는 것을 다독여줄 어떤 존재도 고안물도 없을 뿐만 아니라, 집단이나 상황 안에서 자신들을 위해 단독의, 구석진, 보호막이 될, 사적인 작은 자리(좁고 우묵한 곳, 바구니, 자그만 등나무 요람,

움푹한 작은 하상河床, 침대)를 마련할 장소도 없다. 그들은 궁여지책으로 '몸 흔들기'로 결여를 보충하고, 안도감을 느끼고, 자신들을 감싸고, 속포로 싸고 또 싸고, 둘둘 말고, 감고 되감으며 스스로를 지탱한다. 자신들을 대신해서 리듬이 갑자기 노출된 자신의 알몸을 덥혀주고 감싸준다. 그뿐만 아니라 몰려드는 대기를 밀쳐내고, 빛으로 인한 냉정하기 그지없는 가혹함과 더불어 밝은 낮에 객체화되는 대상들을 하나씩 물리치고, 잃어버린 자신을 만회하게 해준다.

리듬은 구부린 한쪽 팔 같은 것이고,

다시 만들어지는 주머니 같은 것이다.

몸 위로 닫혀 몸을 가두는 문짝이 둘 달린 구석진 장소다.

왕복하는 시간의 주름이다.

물결의 그림자 안에서 둥글게 말리며 부서지는 파도, 잃은 자 내부의 잃어버린 자다.

아직 약간은 살아 있다고, 지탱되고 있다고, 거의 보살핌을 받고 있다고 느끼게 하는 진자나 괘종시계의 움직임이다.

자신에 의한 자신의(일체성에 의한 분리의) 기묘한 양다리 걸치기*가 우리를 얼마간 구해준다.

* 가령 흔들리는 요람은 출생으로 잃게 된 어머니 몸의 대체물이자 현실의 장

우리는 차츰 흔들어 어르기를 생각해내고, 그리하여 다음 날을 고대하며 밤새 깨어 있게 만드는 경계심을 가라앉힌다.

그것은 공중에서 박자를 맞추는 깃털들*의 움직임이다.

현 지점(여기)과 현 상태(지금)에서 허공으로 사라지는 날개를 만들어내고 비상을 가능하게 하는 움직임이다.

기이한 깃털인지라 나중에는 새들의 날개로 우리가 날아오르고, 어둠을 듬뿍 찍어 우리는 지면에 내키는 대로 고통의 검은 흔적을 남긴다.

앞뒤로 흔들기, 좌우로 어르기, 침대의 나무를 손톱으로 긁기, 지면 위를 달리는 깃털 펜의 사각거리는 마찰, 부질없거나 적어도 무력한 분노로 빠드득 이를 갈기, 이런 단조로운 리듬은 사랑받지 못한 사람에게, 미움 받는 사람에게, 잊힌 사람에게, 거부당한 사람에게 다소 살아 있다는 느낌을, 아무튼 덜 흐릿하다는 느낌을, 자신도 남들과 거의 **동일하다**는 느낌을 준다. 자아가 누군가를 뒤쫓는 것이 아니라 잠에 빠져들게 만드는 자기최면의 장단에 맞추어, 분리가 일어나지 않는 회귀의 꿈을 뒤쫓아 끊임없이 자신으로 돌아오는 가운데 말

소로서 그 둘을 동시에 포함한다.

* 'plume'라는 단어는 새의 깃털인 동시에 펜을 뜻하기도 한다.

이다.

그것은 하나의 이미지만은 아니다. 그 증거로 엄지와 검지와 중지로 손마디가 희어지도록 꽉 그러쥔 거위나 새의 낡은 깃털 펜은 옛날에 어둠 속에서 경험한 설명할 수 없는 holding을 되도록 가장 잘 재연한다. 그것은 양액養液이 잘 흘러나오게, 방추紡錘처럼 세 손가락에 탯줄이 감기게, 밧줄이나 줄기에 매달리듯 탯줄에 달라붙게 하려고, 동일한 그 세 손가락으로 탯줄을 붙잡을 때의 holding이다.

붙잡기란 합치기다.

붙잡기란 들러붙기이고 들러붙기란 이미 껴안기다.

글쓰기란 상상의 줄(수평선도 실제로는 없지만 낮의 빛 끄트머리에 있는 듯 꾸며지는 선) 위에서 세 손가락을 움켜쥐기다.

매달리기.

견디기.

살아남기.

태양계의 이러한 교대, 자전, 회전, 역전, 흔들기는 밤으로 데려가는 춤의 기원을 형성한다.

운율학은 무도법舞蹈法에 선행한다. 그런 이유로 나는 리듬을 춤의 원천이라고 부른다.

심지어 하늘에서도 사정은 마찬가지다.

나는 이 왕복의 움직임을 낮의 차원에서 살아가는 방식으로 확장해보기로 했다.

그렇게 하면 **낮의 섭생법**diététique du dies의 토대를 마련할 수 있다.

나는 밤에 미루었던 것을 낮에 추구했고, 태양이 아니라면 시간의 어떠한 다른 지시 대상에도 더 이상 신경 쓰지 않았다.

다음은 장 드 라퐁텐*의 가장 아름다운 시구 중의 하나로, 교정쇄에서 마지막 순간에 그가 정정한 것이다.

"불행은 1년 안에 낮들이 뒤섞여 있다는 것인데……"†

('낮들을 시간 자체에 팽개쳐버리고 아무것도 하려들지 말고, 일을 쉬어야 한다'고 그는 말한다.)

나는 시간들이 섞여드는 넓게 펼쳐진 낮에 오직 시시각각 변하는 빛의 지시에 따라 일을 쉬었다.

가을이 태양년 내부에 있는 것은 황혼이 낮에 있는 것과 같다.

* Jean de La Fontaine(1621~1695): 17세기 프랑스의 시인, 우화 작가.
† 라퐁텐의 『우화집』 제8권 두번째 우화인 「구두장이와 은행가」에서 인용한 것이다.

가을은 한 해의 소리들을 하나씩 차례로 잠잠하게 만들며 **더욱 고즈넉하게** 들려준다.

황혼으로 말하자면 저음으로, 단조短調로, 하룻낮의 소리에 일일이 응수해서 소리가 잦아들게 만든다. 그런 연후에 서서히, 낮의 애매한 동조에 힘입어 남아 있는 미미한 웅성거림에 침묵으로 답하고자 한다. 황혼은 물론 고요하지 않다. 하지만 낮에 비하면(하룻낮의 합쳐진 온갖 소리와 주의를 기울여야 할 그 의미에 비하면) 침묵이라는 느낌을 받는다.

날이 어둑해져도 철책을 닫겠다고 레일 위로 잡아당겨 감히 삐걱거리는 소리를 내지 못한다.

나무 덧창도 쾅 닫지 못한다.

정원의 수도 아래 시멘트 포석에 물뿌리개를 요란하게 내려놓지도 못한다.

침묵은 황혼 녘에 대기에 퍼진 빛의 소멸을 부른다.

침묵은 우선 어둠이 차오르기를 준비하고, 그런 연후에 밤을 맞이한다.

침묵은 가을의 장엄한 황혼 녘에 짐승들의 부동 상태, 철새들의 떠남, 외투와 양모로 감싼 몸의 움츠림, 겨울 강추위에 물의 결빙을 야기한다.

아마도 나는 죽음에 이르는 나이를 떠올려 겨울이라 명명하는 것이리라.

육신 안에서 나이는 죽음을 피하지 못하고 서서히 그것의 입장入場에 동의한다. 느리게 불러들인 연후에 휴식을 위해 끌어당긴다.

이제는 어느 것도 잘 들리거나 선명하게 보이지 않는다.

그렇게 나이가 죽음을 맞아들이면 모든 것이 잠잠해지고,

먼 곳의 아름다움이 증가하고,

모든 것이 눈물겨워진다.

빛은 신의 복장에 지나지 않는다.

때로는 신도 옷을 벗는다.

그러면 신이 진짜로 본연의 자신이 된다. 빛이기를 멈추고, '빛의 얼굴Dies'을 벗어던진다. 낮jour이기를 그치면서 신이기를 그친다. 그러면 우리는, 고양이들은, 무신론자들은, 새들은, 보드라운 털북숭이 앞발로 얼굴을 가리고, 솜털이 보송보송한 매끄러운 날개에 부리를 묻고, 손가락을 구부려 코를 감싸고(손마디를 구부려 이불자락으로 작은 지붕을 만들고), 잠이 든다.

6

Give us this day
(우리에게 오늘을 주소서)

『우리에게 오늘을 주소서*Give us this day*』는 한국전쟁에서 귀환한 시드니 스튜어트*가 쓴 매우 아름다운 이야기다. 자신의 민낯에 질겁한 미국은 이 책의 출간을 거부했다. 이 책을 읽게 되면 그토록 인도적이고 건설적인 나라의 위상이 영원히 실추되리라 판단했기 때문이다. 미국은 히로시마와 나가사키 항구의 민간인들에게 최초로 핵폭탄 두 개를 투하한 나라이므로.

그리하여 밀라노에서 프리모 레비†의 『이것이 인간인가』에

* Sidney Stewart(1919~1998): 제2차세계대전에서 포로가 되었다가 생존한 미국 육군 병사. 자서전 『우리에게 오늘을 주소서』를 썼다.

† Primo Levi(1919~1987): 유대계 이탈리아 화학자, 시인, 작가. 대표작으로 아우슈비츠 생존자로서의 경험을 쓴 『이것이 인간인가』가 있다.

일어났던 일이 뉴욕에서 시드니 스튜어트의 『우리에게 오늘을 주소서』(프랑스에서는 아쉽게도 『비인간성에 대한 기억』이라는 제목으로 출간되었다)에도 일어났던 것이다.

추위와 배고픔과 공포와 자포자기로 전우들 전원이 사망한 일본 포로수용소에서 산송장으로 변한 유일한 생존자인 그는 일몰의 아름다움을 바라보며 죽지 않고 버틴다.

그는 수용소를 통틀어 살아남은 유일한 사람이었다.

그는 저 멀리, 철조망 아래, 도랑에 핀 야생 난초꽃을 기를 쓰고 바라본다.

그의 목숨은 한 송이 꽃 덕분이다.

그는 인류라든가 그들이 벌이는 전쟁과 무관한, 그들이 첨예화한 새로운 소멸의 방식과 무관한, 옛날에 우연찮게 살아남은 삶의 근원 자체를 파괴할 목적으로 도입된 방사능과 핵시설 따위와 전혀 무관한, 오직 삶에 남은 것들만 생각하려고 안간힘을 쓴다.

그는 인간보다 훨씬 더 오래된 무엇(인간에 앞서 존재한 자연을 떠올리게 하는 무엇)에 관심을 집중하고자 한다.

사실 그는 잔혹성에도 전혀 개의치 않게 되었다. 오로지 극심한 허기에 시달릴 뿐이다. 그는 쥐를 산 채로 먹는다. 함께 억류된 포로들은 입을 더럽히느니 차라리 죽기를 택한다. 그는 죽은 포로들의 뼈에 붙은 살을 빨아먹는다. 죽음을 이기려는 것이 아니라, 단지 죽고 싶다는 강렬한 욕망에서 벗어나기 위해서다.

점차 아무도, 물론 수용소에서, 신을 믿지 않게 되었지만, 누구나 저녁기도 시간을 기다린다.

신부조차 믿음을 잃었다.

포로들 모두가 앞서거나 뒤서거나 죽어가면서도 주기도문을 외울 순간을 기다린다.

그 **주문**呪文이 저녁, 차려지지 않는 밥상, 굶주린 배, 얼어붙은 밤을 표명해서가 아니라, 단지 낮을 약속한다는 이유 때문이다.

Give us a day, O Lord! 우리에게 다시 낮을 주소서, 오 주여!

그들이 요구하는 낮에는 생존의 문제라기보다는 '죽을 만큼 슬픈 감정'을 **이겨내는** 문제가 달려 있다. 입에 넣을 것이라고는 기도문의 '빵'이라는 단어가 전부다. 그들은 이내 기도문의 빵은 잊고 오직 '낮'이라는 단어만 기억한다. 낮은 삶에서 별의 핵과도 같은 것이다. Give us a day, O Lord! 우리에게 다시 낮을 주소서, 오 주여!

살아남으려면 둘이어야 한다. 출생은 분만 침대에 누운 어머니가 전제되는 것과 마찬가지다. 분석 치료에서 침묵하는 자와 자아 뒤편에 반쯤 일어선 자가 요구되는 것과 마찬가지다. 지성소에서는 두 팔을 벌린 신의 전신상과 그 앞에서 무릎 꿇고 두 손을 모은 채 눈물을 흘리는 사람이 있어야 하는 것과 마찬가지다.

기도하는 두 손은 합쳐지고, 두 개의 나무 막대는 직각으로 교차한다. 갈대 십자가든, 종려나무 십자가든, 회양목 십자가든, 대리석 십자가든, 황금 십자가든, 모두 마찬가지다.

합쳐지는 두 손이 시간에서 취하려는 것은, 시간에 존재하는 '오늘aujourd'hui'과 대조적인 또 하나의 '다른 하루autre jour'다.

달랑 혼자 남았을 때조차도 시드니 스튜어트는 두 손을 모은다.

simple(단일한)이라는 단어는 아름다워라!

Le Simple(단일자)은 둘이다.

라틴어 두 단어 'semel plex'(프랑스어 단어 simple의 기초가 되었다)는 '한 겹 주름'을 의미한다.

그런데 한 겹 주름에는 반드시 겹치는 두 면이 있어야 한다. 즉 서로 맞잡는 두 손이 있어야 한다.

벽에는 교차하는 두 개의 나무 막대가 걸려야 한다.

차디찬 바닥에 양 무릎을 구부리고 꿇어앉기.
고개를 들기.
두 손을 모으고 힘주어 깍지 끼기.
그것은 이미 둘이다.
(특히 아무것도 묻지 말기, 아무 말도 하지 않기.)

누군가에게 말하기, 그것은 누군가의 시선 아래 살아남기다. 비록 잘못 기억된 생김새인들, 비록 아무것으로나 만든 모습인들, 비록 가상의 시선인들 어쩌랴. 애원하기로 족하다.

허공에서 누구도 아닌 대상에게 말하기(글쓰기), 그것은 텅 빔에서 생존하기다.

진정한 작가는 결코 독자의 존재를 전제하지 않았다. 글쓰기로 족하다.

빛으로 채워지는 텅 빔은 자신보다 더 오래된 지시 대상이다. 빛으로 채워지는 허공이란 곧 태양계 안에서 기이한 자전을 하는 위성인 지구에 낮이 온다는 것이다.

Dieu(신)는 Dies(낮)다.

인간들의 공동체란 단지 자신의 기도일 따름이다.

스튜어트의 책 말미에서 일본인들은 포로들이 빠져나올 여지를 봉쇄한 채 수용소에서 퇴각한다. 그러자 그와 함께 억류되었던 포로 전원이 사망한다. 스튜어트도 시체들 무리에 끼여 그러모아진다. 시체처럼 바스라지고 바싹 말라붙어 먼지 구덩이로 내몰린다. 갑자기 누군가가 숨을 쉬는 시신을 발견한다. 사람들이 다른 해골들 틈에서 그를 골라낸다. 들것에 실어 조심스럽게 나른다. 조심스럽게 침대에 눕힌다. 가까스로 영양분을 공급한다. 그는 의식이 없다가 한동안 광기를 보인다. 그는, 막사의 널빤지 틈새로 빛이 새어들던 것처럼, 병원 침상에 둘러쳐진 흰 울타리 살 사이로 비쳐드는 '빛'을 바라본다. 그것은 허기조차 느끼지 못하는 광기의 단계에 남은 허기의 유일한 구두점이다.

스튜어트가 먹고, 말하고, 일어서고, 걷고, 장미 덤불숲으로 내려가고, 작은 화단이 잇따르는 벽을 따라 느릿느릿 공원과 빛 속으로 나아갈 수 있으려면 아마도 수개월이 걸릴 것이다. 그는 대부분의 시간을, 줄곧 몇 시간씩, 군 병원의 창문을 향해 고개를 돌린 채 식물처럼 하늘을 섭취한다.

산술算術의 시초는 끔찍한 고통이다.

문제는 최초의 재난이다.

있는 힘껏 아이를 자기 몸 밖으로 밀어서 내던지는 여자는 하나에서 둘이 되는 셈의 시작이다. 어머니는 내던져진 자식에게로 돌아온다. 눈물과 허기로 인한 울부짖음에 이끌리고, 어린 것이 자신에게 기대하는 욕구에 부응하려는 강렬한 기쁨에 매혹되어서다. 그런 것이 독일어로 Hilflosigkeit*의 Hilfe†다. Los‡와 대조적으로. Lost Son§과 대조적으로.

그런 것이 helplessness다.

비록 다른 누가 없더라도 곤궁에 빠져 부르짖는 외침은 '다른autre' 존재를 만들어낸다.

홀로, 진짜로 혼자라면, 정말로 혼자라면, 죽게 될 것이다.

그런 이유로 일본군이 세운 포로수용소의 모든 막사에서 저녁기도를 기다리기 시작했다. 신을 위해서, 혹은 어떤 의미를 위해서가 아니라 낮을 약속받기 위해서였다.

기도는, 신부가 동료 포로들에게 뜯어먹혀 죽은 직후였으

* 의지할 데 없는 속수무책의 상태를 의미한다.

† 도움, 조력자, 보조물을 뜻한다.

‡ '자, 시작하라!'는 의미의 독일어.

§ 키냐르가 자주 쓰는 'enfant perdu'의 영역인 것으로 보인다. '아들'이라기보다는 '잃어버린 아이, 즉 출생으로 어머니 뱃속에서 추방된 자식'을 의미한다.

므로 한 무신론자의 입에서 흘러나왔다.

자신의 하룻낮이 어떠했는지, 결핍을 토로하고, 과오와 죽음들까지 실토하려면 **타자에게 말하기를 마친 연후에 애타게 기다리기**가 있기 마련이다.

타인에게 구조를 요청하는 가운데 타인을 학수고대하기.

우리에게 그토록 결핍된 빵 자체 너머의, Mâtre(주여), O Domine(오 주 예수님), O Lord(오 하느님), O Seigneur(오 주님), 'hui(오늘)' 안의 'jour(낮)'와 같은 무엇을 주시옵소서.

Au jour d'hui*를.

막사 창틀 안의 빈 공간에 들어차는 무엇을.

"Donnez-nous *aujourd'hui*!(우리에게 **오늘**을 주소서!)"

이것은 프랑스어 주기도문의 마지막 구절이다. 바다에서 제방으로 밀려오는 파도처럼 기이한 반복. Donnez-nous aujourd'hui notre pain de chaque jour(우리에게 오늘 나날의 양식을 주소서).

라틴어 기도문에서도 du diurnus(하루 혹은 낮의 양식)보다는 du quotidianus(매일의 양식)라고 말한다.

* '오늘'을 뜻하는 프랑스어 'aujourd'hui'는 어원적으로 au(~에)/jour(낮, 빛)/d'hui(오늘의)의 합성어임을 밝히고 있다.

그런데 프랑스어 기도문의 '나날의 수당'은 'Give us a day!'라는 영어 번역이 뜻하는 '별의 기여물인 낮'보다 깊이가 덜하다.

라틴어로 쓰인 Pater Noster(주의 기도)에서는 'Da nobis hodie(우리에게 오늘을 주소서)!'*다. 'hodie(오늘)'는 'hic(이)/dies(날)'로 나뉜다. 'hic dies' 역시 'quotidianus(매일의)'보다 더 깊이가 있다.

요컨대 로마 시대 주기도문에 쓰인 라틴어와 카롤링거왕조의 주기도문에 쓰인 로망어는 더 이상 동일하지 않고 모녀지간의 언어다. 둘 다 영어만큼 적확하게 말하고 있지 않다.

영어는 한편으로는 '우리에게 내일의 낮을 주소서'〔hui(오늘), 즉 'jour d'hui(오늘의 낮)'이라 하지 않고〕라고 말하지만, 다른 한편으로는 '우리에게 내일(또 하나의 아침)과 오늘(hui의 빛에 잠긴 지금의 낮) 너머를 주소서'라고, 즉 그저 **낮을 하나 더 주시라**고 말한다.

온전한 낮. 오직 하나의 낮.

* 라틴어 주기도문은 이러하다. PATER NOSTER, qui es in caelis, sanctificetur nomen tuum. Adveniat regnum tuum. Fiat voluntas tua, sicut in caelo et in terra. Panem nostrum quotidianum **da nobis hodie**, et dimitte nobis debita nostra sicut et nos dimittimus debitoribus nostris. Et ne nos inducas in tentationem, sed libera nos a malo. Amen.(강조는 옮긴이의 것이다.)

우리에게 하루의 정수를 주소서. 아침부터 밤까지의 지속 시간을 한 번 더 주옵소서.

하루의 하룻낮을 통째로 다시 한번 살기, 그것이 나의 기도다. 단 하나의 기도다.

그저 **하나의** 낮을 살기.

낮의 행복을 다시 누리기.

지상에서 빛이 지속되는 대략 열두 시간을 다시 보내기,

밝음과 무지갯빛 광채, 오로라의 빛 속에서 퍼지는 외침, 그런 연후에 흐릿해짐, 부드러움, 식蝕, 황혼 녘의 고요와 어둠의 도래.

7

시간의 근육

시간은 열리고 닫히는 단일자다. 1 안의 2다. Di-mension(두-측정값)이다. 게다가 그것은 하루를 헤아리는 척도, 즉 시간이다. 시간은 3도 아니고 1도 아니다. 하나의 시간에는 리듬이 없다. 하지만 시간의 두 조가비 끝에는 판막이 있어 흐르는 물에서는 계속 조가비가 열려 있지만, 먹잇감이 지나는 즉시 닫힌다. 먹잇감은 과거의 발자취 내부를 통과하는 무엇이다. 단 하나의 근육, 그것이 시간이다. 'di-mension'의 둘은 시간의 출발과 작별이다.

그처럼 가는 것은 온다. 그처럼 시작하는 것은 부단히 멈춘다. 돌출과 nostos(귀향)*는 같은 것이다. 작별은 과거의 통과

* 그리스어 'nostos'는 오디세우스가 트로이전쟁을 마치고 집으로 돌아오는

를 강조하고, 당도는 보행자의 발걸음에 역점을 둔다. 그런데 이 둘은 동일한 행보다. 솟아오르기(세상에서 흘러나오는 것은 기원의 심층에서 물을 튀기고 있는 급류에서 솟아오른다)의 행보다. 현대 그리스어 Kallimèra*는 프랑스어 Bonjour에 해당한다. 이 단어에서는 선善의 핵심을 미美로 바꾼다. 끝과 시작은 동일한 것이다. 모든 것은 한없이 시작되며, 실제로 모든 것은 매일 더 아름답다.

하룻낮journée이 하룻밤nuitée에 대립하는 것은, 불안하고 들뜬 의식 상태가 마음을 푹 놓고 자는 동안의 심적 상태에 대립하는 것과 마찬가지다.

각성 상태의 사고는 꿈에 복종하지 않고, 대들고, 당당히 맞서고, 환영이나 비정형의 형태, 과도한 감정, 욕망에 전력투구로 저항한다.

사고에 비추어 드러나는 **영역**은 인지 불가능한 **탈영역**에 비해 제한적이다.

따라서 의식은 무의식의 유동적인 망망대해에 있는 샘이 없는 섬이 되었다.

것을 의미한다. 영어의 'nostos' 역시 '긴 여행 끝의 귀가'를 뜻한다.

* 'Good day' 혹은 'Beautiful day'를 뜻하는 아침 인사. 원서의 'Kallimèra'는 'Kalimera'의 오기로 보인다.

거무스레한, 불명료한, 지칠 줄 모르는, 소란스러운, 그칠 줄 모르는 강의 물결과 대조적으로 낮은 메마른, 빛나는, 타오르는 제방이다. 강물은 어둠 속에서 제방을 침식하고, 파들어가서, 움푹 패게 한다.

낮에 비한다면 시간은 지속적으로 밀려들어 피할 수 없는 강물의 밀어내기다.

자연의 세계에서 시간은 하천 바닥에서의 **흐름**이다. 이곳에는 생물의 밀어내기, 맥박, 욕구, 충동, 추진력이 있다.

그러므로 산(비탈, 나무들, 새들, 계곡, 밭, 흙, 모래)에 비해 샘, 급류, 강, 바다는 모습을 달리하는 두 가지 시간성을 구성한다.

내포內浦 혹은 작은 만灣의 헤테로크로니아는 헤테로토피아*와 공간으로 변한 세계의 기하학에 필요한 선線을 이미 그리고 있다.

늪의 얕은 물에서 지그재그로 팔딱거리는 오, 올챙이들이여!

사람의 손보다 더 사람의 손 같은 손을 지닌 오, 작은 개구리들이여! 여전히 태초의 물에 잠긴 협소한 연안의 바위나 이

* '헤테로(다른)토피아(장소)'는 미셸 푸코가 유토피아와 대비되는 공간으로 독자적인 개념화를 시도했다가 포기한 미완의 개념이다. 현실에 존재하는 장소인 동시에 모든 장소들의 바깥에 있는 곳을 의미한다. 헤테로토피아는 전통적인 시간과 단절된 '헤테로(다른)크로니아(시간)'를 동반한다.

파리들 위에 앉아 대기와 빛에 휩싸여 생각에 잠겨 있구나.

폐로 호흡하는 시간성, 아가미로 호흡하는 시간성.

한편은 최초의 세계, 다른 한편은 마지막 왕국.

Aqua fœus(물속의 태아)는 Aer infans(대기 중의 말하지 못하는 존재)와 대조된다.

모든 새벽은 다시 시작되는 개봉이라서 다시금 두 세계를 쪼개면서, 일어서고, 분산되고, 새롭게 홈이 파이고, 물러나고, 잠이 든다.

만일 하룻낮을 고려하지 않고 나날의 삶을 생각할 수 없다면, 강물의 철썩임으로 움푹 패고, 홈이 생기고, 침식되고, 무너지는 기슭을 고려하지 않고 삶(강)의 흐름을 생각할 수도 없다.

희한하게도 우리가 살고 있는 세계에는 하나의 방향이 있다.

우주가 아닌 지상에 있는 그 방향은 태양에 의거한다. 방향 결정이 전혀 인간이 아니라 태양에 달려 있다는 말이다.

태양이 주체다.

우리는 주체가 아니다.

주체는 동에서 서로 가는 움직임의 근원에 있는 태양이다.

이 움직임은 사고의 역逆이라서 돌이키지 못한다.

시간에서도 공간에서도 결코 돌이키지 못한다.

태양은 절대 서에서 동으로 가지 않는다. 낮은 절대 황혼에서 시작해 새벽으로 끝나지 않는다. 영혼은 절대 올빼미의 어렴풋한 울음소리에 눈을 떠서 수탉의 울음소리인 카리용*이나 까치들의 재잘거림, 까마귀들이 까옥까옥 우는 소리에 각성 상태를 끝내지 않는다.

동물이 보기에 태양은 완전히 새로운 모습으로 동에서 **다시 뜨고**, 인간이 보기에도 동에서 **다시 뜨고**, 식물이 보기에도 동에서 **다시 뜬다**. 바다 동쪽에서 **다시 떠오르고**, 산비탈 동쪽에서 **다시 떠오른다**.

유일한 여행이 동에서 시작되어 우리를 초월한다.

그런 것이 고대 시베리아인이 말하는 **샤먼의 기술**이다.

그런 것이 최초의 이미지로서
최초의 인간들이 마음에 새겼고,
신화로 이야기하고 노래했으며,
제식에서 흉내 내고 춤추었다.
운명의 강은 샘에서 바다로, 출생에서 죽음으로,
마치 태양의 원반처럼

* 모양이나 크기가 다른 여러 개의 종들로 이루어진 악기로, 사원의 종탑에 설치되어 있다.

동에서 서로 흐른다.

그리고 샤먼의 춤은

마치 달이 지구를 따르듯이

태양을 따른다.

시간의 리듬 뒤에서

새벽의 근육은

무한한 어둠에 잠긴 지구와 그곳의 모래알처럼 미세한 주민들에게만 관련된다.

이런 생각은 가장 오래된 것 중의 하나다. 선사 이전으로 거슬러 올라간다. 당시의 멧돼지며 들소 들이 남은 것과 마찬가지로 이런 생각도 남았다.

그런데 철학이 시작되기 전에 사라진다.

에페수스*의 헤라클레이토스†에 이르러 사라진다. 그는 자신이 집필한 위대한 책을 터키 동부의 해안가에 세워진 사냥의 여신 디아나‡ 신전에 기탁한 뒤에 에페수스 왕국에서 도망

* Ephesus: 터키 서부에 위치한 고대 그리스의 식민 도시 유적.

† Heracleitos(기원전 540?~기원전480?): 고대 그리스의 철학자로, 만물의 근원은 불이며, 모든 것은 변화한다고 생각했다. 그는 '변하지 않는 유일한 사실은 세상 모든 것이 변한다는 것이다'고 말했다.

쳐 산으로 갔다. 그곳에서 아이들이 던진 돌멩이에 맞아 죽었고, 시신은 암소에게 뜯어먹혔다.

나는 언어가 인간의 경험에 일치하기보다 물리학이 자연의 바탕에 더욱 일치하기를 바란다.

나는 수학적 원리들principia mathematica[§]이 라니아케아 초은하단Laniakea[¶]과 일치하는 것보다 물리학이 자연의 바탕에 더욱 일치하기를 바란다.

우리의 어둠을 에워싸고 있는 무無 차원의(무한한) 어둠 속에서, 무수한 혜성들의 운무가 흩어지며 퍼지는 아연실색할 아름다움.

하와이어 단어 laniakea[**]는 측정할 수 없는 것을 의미한다.

수백만 은하계를 수십만 킬로미터 떨어진 보이지 않는 크레바스로 몰아가는 아름다움.

‡ 그리스신화의 아르테미스에 상응하는 로마신화의 여신.

§ 1687년, 아이작 뉴턴이 쓴 『자연철학의 수학적 원리』를 가리키는 것으로 보인다. 서양의 과학 혁명을 집대성한 책으로, 『프린키피아』라고도 한다. 고전역학의 바탕이 되는 뉴턴의 운동 법칙과 만유인력의 법칙이 기술되어 있다.

¶ 2014년, 하와이대학교의 천문학자들이 밝힌, 태양계와 지구를 포함한 우리 은하의 주소를 가리킨다.

** 하와이어로 '천상'을 의미하는 'lani'와 넓은, 측정 불가능을 의미하는 'akea'의 합성어로, '측정이 불가능할 정도로 넓은 천상'을 뜻한다.

그런 경험의 수만큼이나 암흑으로,

하늘에 펼쳐진 무수한 혜성들의 거대한 운무로 침몰하는 시도가 있는,

세상사의 '주제主題'가 전개되는 그곳에,

물리학자들은 단지 거대한 한 부분에만 라니아케아라는 아름다운 이름을 부여했다.

라니아케아 안에—처녀자리은하단,*

처녀자리은하단 안에—은하수,

은하수 안에—태양계,

태양 주위에—지구가 있다.

여기서는 은하수도, 태양계도, 지구도, 생명도, 자연도, 인간도 보이지 않는다.

여기서는 내가 오려낸 사진 우측에 보이는 작은 섬모, 그 맨 아래, 사도 안드레아†의 작은 십자가 X로 표시된 미세한 1평방밀리미터의 이미지가 처녀자리은하단이다.

* 처녀자리에 있는 외부은하의 대집단. 초은하단설에 의하면 처녀자리은하단은 은하계를 포함하는 국부은하군의 중심핵을 이루는 것으로, 지구에서 가장 가까운 거리(약 3600만 광년)의 대은하단이다.

† 예수그리스도의 열두 제자들 가운데 한 사람으로, 베드로의 동생이다. 그의 상징물이 그물, 물고기, X자형 십자가다.

8

Flos est lux in caelum
(빛은 천상의 꽃이다)

마르실리오 피치노*는 르네상스의 가장 아름다운 시기인 1496년에 피렌체 부근의 카레지†에서 이렇게 썼다. “빛은 하늘에 핀 일종의 꽃이다.” Flos est lux in caelum. 천상의 어둠 심층에 있는 빛의 근원을 우리는 인지하지 못하지만, 투명한 광채는 응고된다. 애초에 하나의 점이었던 것이 어둠 속에서 차츰 빛의 물체로 변한다.

* Marsilio Ficino(1433～499): 이탈리아의 의사, 인문주의자, 철학자이며, 천문학에도 조예가 있었다. 플라톤아카데미를 이끌며 플라톤의 전 저작을 라틴어로 번역했다.

† 피렌체 부근 언덕에 위치한 귀족 별장 ‘카레지careggi의 메디치 빌라’를 말한다. 플라톤아카데미의 장소로 쓰였다.

철학자들은 늙은 광인들로서, 기원전 6세기 말 그리스 섬들에 대거 나타났다. 나는 그들이 집필한 책이며 거론한 책, 그리고 그 책을 세심하게 해설한 책까지 모두 다 좋아한다. 이 책들은 신화로 가득한 낡은 피라미드들이다. 철학자들은 철학사가 진행되는 동안 줄곧 동시대의 철학으로 존재에 대한 빛을 밝혀주었다. 그들은 영혼마저도 존재의 심상과 동일한 것으로 간주했다. 그런데 어느 철학사에서도 빛이나 심상은 본래의 것이 아니다. 서로 결속된 것도 아니다. 인류의 발생과 동시대적이지도 않다.

태양, 심상, 관조, 늦게 피는 꽃들.

세계의 아름다움은 뒤늦은 계절의 수확.

빛 속에서 '하룻낮'을 (삶에서 매우 뒤늦게) 만나기란 멜랑콜리 그 자체다. 빛의 끝에 이르는 것이기 때문이다. 빛의 만남은 저녁으로 이어진다.

경험을 부여하는 것은 **세상에 내던져지는 말 못하는 육신**이다.

어둠에서 빛으로 추방된 어린애의 몸은 완전히 새로운 징후에 처음으로 접한다. 즉 세상이 부여하는 빛(조상인 태양을 통해) 속에서 어둠의 햇산출물인 아이는 혹독한 죽음의 위협에 처한다.

꽃눈이여, 겨울 내내 그대의 비밀 위에 움츠리고 있으라.

발아하는 싹은 봄이 다가오는 즉시 발육 기간 내내 빛을 피해 생식기의 내밀한 곳에 숨어든 탓에 빛 속에 모습을 드러내는 순간까지 상상조차 해보지 못한 하늘을 갑자기 조상에게서 부여받는다.

흰 가루와 피막에 싸인 꼭지를 내미는 분홍이나 푸른 꽃눈에게 불현듯 조상이 대기와 공간을 풍성하게 제공한다.

프로이트의 말이다. "경험의 바탕을 형성하는 것은 원초적 재난이다. 음문이 열려 상실이 일어나면서 은둔이 무리 속으로 추방된다.

그래서 어둠이 빛으로 뱉어낸 서투른 알몸의 난폭한 이동은 삶에서 겪게 될 온갖 시련의 유일한 준거가 된다."

우리는 아침마다 떠오르는 태양이 동일한 것임을 어떻게 아는가?

많은 문명이 그렇게 생각하지 않았다. 매번 새로운 태양이 떠오른다고 믿었다. 세계의 동쪽 끝에서 밤이 나팔 모양으로 벌어진 자신의 붉은 음순 밖으로 (적극적으로) 밀어내 태어난 것이었다.

밤마다 어둠이 걷힐 무렵에 나는 어떤 놀라운 믿음에 사로잡혀 수평선의 심층을 살피는 것일까?

정원 끝에서 솟아오를 희미한 빛을 기다리는 것일까?

예기치 못한 방식으로 햇살이 퍼지는 것을 보려고 정확히 어느 한 지점(맞은편 강기슭의 포플러나무와 큰 저택의 분홍빛 벽돌 굴뚝 사이)을 바라보는 것일까?

고대 이집트인들은 나보다 더 큰 확신에 차서 새벽빛에 물든 사막의 수평선에서 유혈이 낭자한 새로운 출산을, 세상의 수평선에서 목이 쉬도록 울부짖으며(너무 멀어서 들리지 않는) 새로운 아기 태양이 솟아오르는 모습을 지켜보았다.

화가 석도*는 이렇게 썼다.

"우리의 거처는 호롱불이 놓인 최상의 탁자,
우리의 별채는 나무 창틀 아래 놓인 식기대,
황야의 지의地衣에 세워진,
바람에 눕는 나무 서너 그루에 가려진 주막,
소용돌이치며, 기지개 켜며, 덤벼들며, 뛰어오르며,
분출하며,
지나가는 바람에게 주어지는 짧은 휴식."

* 石濤(1641~1720): 청나라 초기의 화가로, 본명은 주도제朱道濟이고 자字가 석도다. 서화일치書畫一致의 사상을 표현한 일획론一劃論이 그의 핵심적 화론이다. 즉 내면의 인식을 강구한 연후에 머릿속에 한 폭의 그림이 그려지면 비로소 손으로 붓을 부리고, 붓은 먹을 부려 만물의 형상을 그린다는 것이다.

눈目 주변의 대기 중에서 즉시 소멸하지 않고 약화하는
예전에 무례했던 만큼 크게 터져 나오는 부질없는 목소리,
차츰 매혹적으로 변해가는 잔인한 빛의 파편들,
콧구멍 아래로 돌아와 크게 벌어지는 미소로 인해 옆으로 늘어나며 주름이 펴지는 핏기 없는 도톰한 입술들,
살갗에 덮인 일종의 늙은 달팽이의 몸을 늘이고,
낡은 껍질의 연약한 석회질에서 머리를 꺼내들며 불쑥 입을 벌리는 욕망.

파리하고 노랗고 부드러운 늙은 피부들, 그대들은 나이가 들어 털이 더 빠지고 비단결 같아졌다.
깜빡이고 반짝이며 그대들을 비출 뿐만 아니라 따뜻하게 덥혀주는 불길에 비한다면, 그대들은 보드라워지고 미지근해졌다.
반쯤 열리거나 가벼워지는 눈꺼풀처럼 차츰 색이 옅어지는,
세계가 사라지면 남은 것에 눈길을 주는, 주름이 펴진,
세계를 찾아내기보다는 늘 지어내는,
제자리에서 맴돌며, 회전하며 빛을 발하는,
점점 더 식물적으로 변해가는 아름다움은
우리의 사지, 티티새, 고양이, 나날, 삶과 같은 것들이다.

신앙심, 학문, 고독, 은거, 업무, 독서, 밤, 이런 것들은 함께 묶여 있다.

하지만 날들을 다스리는 심층의 유일한 파티션은 시간을 둘로 나누는데, 그중 하나는 죽음과 흡사한 것이다.

'하룻낮' 혼자서 박자를 맞춘다.

이제 그 이야기를 프랑스어의 어머니인 1,100년 전의 오래된 언어로 해보겠다.

Prima hora e lecto surgebat.

최초의 시간에 그는 잠자리에서 일어났다.

Meridie prandebat.

그는 정오에 식사를 했다. 포도주를 마셨다. 빵을 자르고 양고기를 조금 먹었다.

Deinde in agris et in silvis ambulabat.

그러고 나서 밭에서, 숲에서, 삼림에서, 황야에서,

강변과 호숫가에서,

그는 거닐었다.

그런 연후에 잠자리에 몸을 쭉 펴고 누워 눈을 감고 죽은 척했다. 별들이 뜨고 혜성들이 지나간다.

아리오스토*는 정원으로 빙 둘러싸인 단층 벽돌집 한 채를 지었다. 이 닫힌 공간이 늙어가는 시인의 열정이었다. 날마다 애착을 느꼈다. 어느 날도 유일한 하루였다. 매일, 몇 시간씩, 정원에 나가서,

뽑고, 자르고, 뽑아내고, 다시 파고, 물을 주었다.

그러자 아름다움이 몰려들었다.

2014년 11월 27일 목요일 이후로,

완전히 어둠이 내린 밤에 뤼드브르타뉴의 포장도로에서,

앙팡루즈 시장† 부근에서,

뤼데주아조 골목 모퉁이의

샤프롱데조르플랭 고아원 부근에서,

내 삶은 고정되었다.

나는 4시부터 일했다.

정오에 먹었다.

* Ludovico Ariosto(1474~1533): 이탈리아 르네상스 시대의 대표적 시인이자 극작가로, 대표작으로 『광란의 오를란도』가 있다.

† 파리 3구 Rue de Bretagne(브르타뉴가)에 있는 시장으로 관광 명소다. 부근의 Rue des Oiseaux(새들의 길)의 모퉁이에 Chaperons des Orphelins(고아들의 모자들)이라는 고아원이 있다. 시장의 이름이 Marché des Enfants rouges(빨간 옷을 입은 아이들 시장)인 것은 고아들에게 보호의 대상이라는 표지로 빨간 옷을 입힌 데서 연유한다.

새들이 날이 저물었음을 감지하는 즉시 강변을 산책했다.

완전히 캄캄해지면 포도주를 마셨다.

9

북방가넷 짝들에 대하여

carpe
arrache(잡아채라)
diem
jour(낮을).

흰 몸통에 머리만 황금빛인 북방가넷 짝들은,
자신들이 처음 만났던 바로 그 둥지로 해마다 돌아온다.
서로 사랑했던 곳으로 되돌아온다.

arrache-jours(낮들을 잡아채라).

해마다 수컷은 다시 만난 암컷에게 꽃이 섞인 풀 오라기를

가져와서,

예전에 수컷 무리에서 자신을 선택해준 암컷의 목에 두른다.

목에 둘린 오라기는

들쭉날쭉한 목걸이 형태를 이룬다.

새들의 말은 아주 간략해서

화답할 겨를조차 없이,

짧은 시퀀스와 빈도 높은 단속음의 빠른 반복으로

허공에 새겨진다.

그것은 몇 초간 지속되는 음들의 목걸이다.

돌연한 짧은 멜로디들은 욕망이 남긴 결여 속에서 들러붙고 매달린 채

허공에서 기다린다.

부름 자체가 기다리는 기다림의 한가운데서,

부름이 울려 퍼질 정도로.

노랫소리의 단편들.

말의 단편들.

실재하는 텍스트는 결코 광대하지 않다.

10

취침

취침은 육신으로 육화된 상실이다. 어린애는 '잠자리에 들어야 할 몸'이며, 그것은 유년기의 고통이 된다. 낮에는 어린애에게 운동성과 수직성이 주어지지만, 저녁에는 부동성이 주어진다. 몸을 쭉 뻗고 잠자리에 누워야 하고, 자신을 억제하고, 움츠려야 한다. 그리고 일체가 다시 슬픔에 잠기고, 주위가 온통 어두워지기를 바라야 한다.

저녁나절이 하루의 한가운데 있는 것처럼, 취침은 저녁의 한가운데 있다.

밤은 침대 위에서 기다리는 한 마리 짐승으로, 잠자리에 누운 자를 단숨에 깔고 누운 연후에

그를 속박한다.

오비디우스는 올빼미가 저녁마다 날개를 펼치고, 갈고리 모양의 부리를 갖다 대고, 갓난애의 피를 섭취한다고 말한다.

올빼미가 그저 내장을 뜯어먹기 위해 배를 찢는 동안 어린애는 요람에서 울부짖는다.

기원의 내부에서 우리는 말을 하는 목소리가 아니었다.

우리 몸이 아닌

어떤 몸(심장이 뛰고, 두근거리고, 보고, 자신이 내는 소리를 끊임없이 듣는) 내부의 물에 잠겨 있는 **귀**였다.

어떤 시선도 끝을 헤아릴 수 없는 어스름 속에 그를 숨어 있게 해주는 유일한 귀였다.

태아는 차츰 어린애로 변해가면서 잠을 자기 싫어한다.

갓난애에게 잠은 **제2의 분리**로 작용한다.

출생으로 인한 붕괴가 날마다 되풀이되는 가슴 에이는 분리.

그것은 감각의 정지, 온갖 색의 소멸, 공중에서 멈춘 움직임이다.

조수가 밀물로 바뀌어 밀려오기 전에 모래사장에 몸을 숨기려고 회전을 시작하는 소극적인 춤이다. 개화가 다시 닫히는 야릇한 길목이다. 그때까지 사지와 손가락, 발가락에 부여

되었던 기능의 불안한 해체다. 눈꺼풀이 불가항력으로 감긴다. 근육이 풀어지고, 무기력한 사람처럼 몸이 흐늘흐늘 늘어진다.

이렇게 매번 잠이 제2의 자궁에서 보내는 하룻밤인 것보다는, 매번 새벽(낮의 빛이 다시 솟아오를 때)에 잠에서 깨어나는 것이 더욱 상실에 대한 난폭한 환기다.

하룻낮은 거대한 상실이다.

세네카*는 루킬리우스†에게 보낸 쉰한번째 서한‡에 이렇게 썼다. "각기 특이한 하룻낮을 독특한 하나의 삶으로 생각하라Puta singulas dies singulas vitas. 너의 삶을 단 하루로 한정하고, 새벽에서 밤까지로 완결된 시간의 유일한 지속을 손에 움켜쥐어라. 이 시간들의 합이 오롯이 하나의 삶이다. 매번 잠은 온전한 죽음이다. 잠에서 깨는 이유는 무엇인가? 우리는 모른다. 다가오는 것에게 '어디로 가는가?'라고 묻지 마라. 어

* Lucius Annaeus Seneca(기원전 4?~기원후 65): 소小세네카로 불리는 고대 로마의 스토아학파 철학자, 정치인, 문학자. 네로 황제의 스승이었다.
† Gaius Lucilus(기원전 180?~기원전 103?): 고대 로마의 시인으로, 풍자시(사투라)를 창시했다.
‡ 세네카의 『도덕 서한』은 총 스물두 권으로 이루어졌으며, 124통의 서한이 실려 있다.

둠으로 가라. 매일 자신의 삶을 온전히 살아가는 사람은 석양이 질 때마다 시간 자체를 마무리한다. 잠자리에 누워 잠에 곯아떨어지면 시간을 다시 어둠에 녹여서 기원을 되찾는다. 그러므로 잠과 죽음은 더 이상 다르지 않다.”

11

고대 노르드인의 사회생활 초기 하루의 구성에 대하여

천하무적 지슬리*는 자신의 꿈이 점차 두려워진다. 자꾸만 꿈을 꾼다. 매일 밤 꿈에 시달린다. 밤마다 소리를 지르다가 갑자기 잠에서 깨어 온몸이 땀에 젖어 침대에 앉아 있다. 그는 혼자 자지 않기로 작정하고 함께 잠을 잘 남자들이나 여자들을 물색한다. 캄캄한 어둠 속에서 혼자 깨어나 땀에 흠뻑 젖은 채 불안의 고약한 냄새를 풍기며 두려움에 떨지 않기 위해서였다. 하지만 아무런 도움이 되지 않았다. 그는 잠이 깨서 일어나 앉는다. 땀에 젖어 축축한 채로. 지슬리(낮에는 천하무적이라는 뜻이다)는 본의 아니게 꿈에서 본 이미지들 때

* 아이슬란드의 산문체 영웅담인 사가saga에 등장하는 인물. 원문 'Gisli'의 아이슬란드 표기와 발음은 'Gisla(시슬라)'다.

문에 잔뜩 겁에 질려 한밤중에 잠에서 깬다. 그를 품에 안고 어루만지며 함께 자는 여자들이 있는데도 여전히 이미지들이 출몰한다. 잠에서 깬 뒤에도 시선 깊숙이 도사린 이미지들이 오랫동안 그를 괴롭힌다. 지슬리는 꿈에서 벗어날 방법이란 오직 꿈을 실행에 옮기는 것뿐이라는 생각을 점차 하게 된다. 간밤의 꿈들이 낮까지 이어져 그 피폐함이 증폭된다. 아이슬란드의 영웅은 마침내 꿈을 활성화하는 죽음을 추구하지 않는 한 악몽에서 헤어날 길은 없다고 깨닫는다. 그래서 죽음을 탐색하기 시작한다. 황야에서, 깎아지른 암벽 위에서, 폭풍우 속에서 덮쳐오는 파도에 맞서며.

사실 죽음은 날들과 삶에만 종지부를 찍는다.

오직 죽음만이 연이어 찾아드는 잠 이후에 깨어나는 불완전한 모든 죽음을 종식할 수 있다.

인간에게 낮의 리듬은 출생이라는 난공불락의 기억에 의해 밤에 맞선 것으로 **습득된다**. 심지어 출생의 트라우마로 인해 신체의 **깨어남**은 낮의 시작과 동시에 이루어짐으로써 시간의 흐름 속에 **설정된다**.

어린애들의 시간성은 24시간 사이클cycle circadien(라틴어로는 *circa diem*, 하루의 둘레를 도는 순환)의 지배를 **터득한다**. 다시 말해 우리가 살고 있는 곳에서 태양이 원을 그리며 뜨고 지는 움직임의 리듬을 경건하게 따른다.

해가 뜨면 신체는 일어나기를 **배운다**.

해가 지면 어린애는 수평선 아래로 해가 사라지듯이 몸을 오그리고 바닥에 눕기를 **배운다**. 실제로는 밤의 **선**線인 수평선 언저리에서 둥근 황금빛 원반이 자취를 감춘다.

우리는 숨결 없이 어둠 속에서 사는 태아다.

그러므로 우리는 누군가의 캄캄한 가죽 부대 안에서 호흡하지 못하고, 보지 못하고, 물결에 흔들리며 사는 물고기다.

정작 누군가는 호흡하는 존재로서

요란하게 숨을 쉴 뿐만 아니라, 매우 유성有聲적이며, 감정과 탄식이 섞인 소리를 내뱉고, 우리가 모르는 공동체에 속한 알아들을 수 없는 언어를 쏟아낸다.

우리는 심장은 뛰지만 생명이 없는 채로(숨결이 없고, 혼이 없고, 소리가 없으므로) 커다란 동물의 몸속에 살아 있다. 그 동물이 우리에게 보조 호흡을 시키고, 느끼게 하고, 움직이게 하고, 마음을 동요시키고, 흔들리게 하고, 울부짖게 한다.

우리는 무의지적인 청각이다. 또한 애원이나 눈물이나 탄식으로도 결코 참여할 수 없는 세계의 소리를 듣는 완전히 수수께끼 같은 청취다.

우리는 혼도, 유폐류의 호흡도, anemos*도, animus†도, 독자적 생명력도, 울음소리나 호출 소리도, 언어도 부재한 무기력한 목소리다.

우리는 들리는 목소리다. 그 목소리를 숨결로 따라잡거나 교대하지 못할 뿐만 아니라,

신음 소리조차 내지 못한다. 거의 침묵이므로.

우리는 영혼이 없는 몸이다. 엄청나게 수동적인 거대한 독서다.

어르거나 씻기거나 옷을 벗기거나 길들이거나 의식을 치르거나 이야기를 들려주거나 수를 세거나 노래를 흥얼거리는

취침 시간 연후에,

우리는 분리 자체를 봉쇄하고,

우리는 자신의 일부에 매달리거나, 혹은 두 세계 사이의 감시자처럼 분리를 거부하며 신체 가까운 곳에 있는 주변의 무엇인가에 매달린다.

모든 관계가 단절된 뒤에, 모든 감각이 점차 마비되어 분별력이 분산된 뒤에, 잠은 우리가 했던 경험의 문, 즉 협상 불가한 꿈의 세계로 들어가는 문을 민다. 가장 괴이하고 가장

* '바람'을 뜻하는 그리스어로, '숨결'을 의미하는 것으로 보인다.
† '영혼'을 뜻하는 라틴어로, 역시 생명의 '숨결'을 의미하는 것으로 보인다.

광기 어린 문이다. 대기권의 것이 아닌 끔찍한 이미지는 필시 신체가 빛에 노출되기 이전의 신경학적 형태로 추정되는데, 이것은 전날의 경험에서 떠올라 거의 매개 없는 욕구 불만을 천착하는 이미지로서 훨씬 더 최근의 알아보기 쉬운 이미지와 뒤섞인다. 그러고 나서 관계들로 인해 낮 동안에 억제된 욕구, 허기, 접속을 되살리는 일련의 이미지와 결합하고, 무방비의 신체를 엄습하여 고통스러울 정도로 성기를 곤두세우거나, 축축하게 적시며 팽창시키고, 막무가내로 두 눈에 달려들어 눈꺼풀이 내려앉게 만든다. 이러한 상황에 이르면 어린애의 몸에서 페니스 크기의 가녀린 몸집의 작은 인물이 떨어져 나와 진동하며 옛날 세계를 떠돈다. 그리하여 전날 빛이 있는 새로운 세계에서 했던, 옛날 세계를 되찾으려는 시도를 재개하고 시련을 연장한다.

기원의 뾰족뒤쥐와 마찬가지로, 갑자기 두 뒷발로 곤두서는 불안한 몽구스*와 마찬가지로, 용감한 엄지 톰†은 엄숙하게 과거를 떠올리기보다는 눈으로 가능성을 살핀다. 작디작은 인물인 그는 '숙주-몸'을 떠난 연후에 위기에 처하지만 욕망을 품고 세계로 모험을 떠난다.

* 쥐나 뱀을 잡기 위해 기르는 인도산 족제비.

† 영국 민담 「엄지 톰Tom Thumb」의 주인공이다. 샤를 페로의 「꼬마 엄지Petit Poucet」의 주인공과는 다르다.

기원의 작은 몽유병자.

꼬마 엄지는 우발적으로 밤의 동굴과 아버지의 게걸스러운 허기에서 벗어난다.

꼬마 엄지는 빵을 조금씩 떼어낸다. 지나는 길에 표식을 남겨 길을 찾을 셈으로 빵 부스러기를 흘리는 족족 새들이 부리로 쪼아 먹는다.

꼬마 엄지는 숲의 어둠 속에서 길을 잃는다.

산레담*은
잔담†과 하를럼‡과 위트레흐트§에 있는
아주 연한
베이지색 성당의 내부와
냉기와 거대한 빛 외에는
그 누구도
그 무엇도 없는 구유만을 그렸다.
그것은 침묵에 할애된

* Pieter Jansz Saenredam(1597~1665): 정확한 데생과 원근법을 구사한 네덜란드의 화가. 대표작으로 「하를럼의 성바퍼성당 내부」(1635) 등이 있다.

† Zaandam: 네덜란드 남서부의 도시.

‡ Haarlem: 네덜란드 서부의 도시.

§ Utrecht: 네덜란드 위트레흐트주의 주도.

빈 껍질들이다.

그 용도를 알지 못하는,

포석 위를 거닐고 있는,

미세하게 그려진 남자들과 여자들은

난방조차 불가능할 정도로 터무니없이 큰 공간의 난쟁이들이다.

후설*은 1934년에 『지구는 움직이지 않는다』†를 집필했다.

"지구는 근원적 의미에서의 방주‡와 같은 것으로서, 움직이지 않는다."

하지만 (명증성을 제시하려는 의도로 후설이 주장하는) 명제는 아무런 명증성도 내포하지 않는다.

땅이 움직이는 까닭은 배腹가 움직였기 때문이다. 야릇한 주머니는 우리를 담은 채 움직였다. 어디를 가든 우리를 넣고

* Edmund Husserl(1859~1938): 20세기를 주도한 철학 사조인 현상학의 체계를 확립한 독일의 철학자.

† 후설의 1934년 저작으로, 원래 제목은 『코페르니쿠스설의 전복: 지구는 움직이지 않는다』였다. 후설이 죽고 2년 뒤인 1940년 하버드대학교 출판부에서 출간되었고, 프랑스에서는 1989년에 『지구는 움직이지 않는다』라는 제목으로 출간되었다.

‡ 그리스어 'arche'는 철학에서 만물의 근원, 원천 등을 의미하고, 프랑스어로 (노아의) 방주를 의미한다.

다녔다. 주머니가 움직였고, 우리도 두려움, 허기, 욕망 때문에 마음의 동요를 느끼며 움직였다.

'outre(가죽 부대)'라는 단어는 라틴어로 'uterus(자궁)'(측면 예배당과 게실로 가득한 살로 만들어진 기이한 교회)라고 한다.

아우구스티누스는 『고백록』 10권 23장에 이렇게 기록했다. "대체 어느 장소와 어느 시간에 행복bonheur(la 'bonne' heure,* la laetitia, la joie, la Freude)†을 경험했기에 그 기억을 지니고 있으며, 언제나 변함없이 행복의 욕망을 강렬하게 느낀단 말입니까? 주여, 당신은 내 기억의 어느 곳에 계신가요? 주님, 당신은 옛날에 어느 침실에서 만들어지셨나요? 그곳에 어떤 성소를 세우셨나요? 행복이여, 너는 어디 있는가?"

행복이여, 너는 어디 거주하는가?

* 행복을 의미하는 프랑스어 단어 'bonheur'를 '(la) bonne(좋은, 알맞은)'과 'heure(시간)'으로 나누고 있다.

† 라틴어 'laetitia', 프랑스어 'joie', 독일어 'Freude'는 모두 기쁨, 환희, 즐거움을 뜻하는 단어들이다.

12

행복과 이른 아침

프랑스어 단어 'bonheur(행복)'는 지속 상태의 기쁨을 말한다. 이 말은 분해해서 살피면 '지속되는' 기쁨, 즉 끊임없이 기대를 넘어서는 행복감이 'bonne heure(이른 시간)', 즉 제 시간보다 더 '일찍'인 시간에서 비롯된다는 사실을 더욱 분명하게 알려준다.

관능에서 쾌감이 기쁨 자체를 불시에 덮친다는 것은 사실이다.

'matin(아침)'은 오로라에 이어지는 순간을 가리키는 프랑스어 단어로서 'bon'*을 의미했다.

* 저자는 'bon' 'bonne(여성형)'를 '좋은, 알맞은'보다 '이른, 일찍'의 의미로 사용하고 있다.

이미 라틴어에서도 'mane(아침)'라는 단어는 'bon'의 의미였다.

새벽은 'bonne'이기 때문에 아침이 되는 것인즉, 우리는 bonne heure(이른 시간)을 아침이라 여긴다.

A la bonne heure(이른 시간에).*

독일어로는 'Bei Guter Zeit(마침 좋은 때에)'.

그러므로 프랑스어에서 'De bon matin(아침 일찍)'은 단어가 중복된 중언부언이다. 'De bon bon!(이른 이른)'이라 말하는 셈이다.

바로†의 다음 글은 아리송하다. "로마의 옛 주민이던 우리 선조들은 새벽을 'Mane'라고 불렀는데, 왜냐하면 그리스인들의 종교에서 동이 틀 때의 빛을 'Bonne lumière(이른 빛)'라 말했기 때문이다."

보다 명확히 전달하기 위해 새벽처럼 환해지려고 애쓰면서, 독자들의 이해를 돕고자 하면서 바로는 늙은 보수 공화주의자임에도 불구하고 그리스어로 "Phôs agathon!(빛이 이르다!)"이라고 썼다.

* 실제로는 '일찍, 이른 시간에'라는 관용어는 'de bonne heure'이고 'à la bonne heure'는 '때마침, 알맞은 제시간에'의 의미로 쓰인다.

† Marcus Terentius Varro(기원전 116~기원전 27): 고대 로마의 백과전서가. 저서로 『라틴어론』과 『농업론』이 전해진다.

나는 새벽을 수천 번 체험했다. 새벽이 싫증 난 적은 한 번도 없었다. 해가 불쑥(느닷없이 나타나 지속되는) 모습을 드러내기에 앞서 공간 깊숙한 데서 떠오르는 빛에 질리는 일이란 결코 없었다. 그것은 'bonne heure(이른 시간)'이다.

'지속되는 느닷없음'이다.

나는 새벽에 자거나 조는 사람들을 도무지 이해할 수 없었다.

심지어 죽기를 원했을 때도, 그 방법을 모색할 때도, 적절한 시간을 계획할 때도, 내가 새벽을 싫증 낸 적은 없다.

나는 새벽을 택해 물에 뛰어들지는 않을 것이다.

새벽을 더럽히면 안 되므로.

고묘 황후가 차마 꽃잎을 만지지 못했듯이, 나도 밤과 강물(보이지 않는 것 속에서 보이지 않는)을 선택할 것이다.

내가 파리의 노트르담 사원 건너편 그랑오귀스탱 강변도로 3층에 살던 무렵, 그곳에 아침과 강물이 있었다. 그 둘은 뒤죽박죽으로 섞인 채 움직이지 않다가 새벽에 나뉘었다. 새벽이면 서로 모습을 드러냈다.

방 창문에 얼굴을 붙인 채 일을 하면서 나는 밤이 끝나가는 것을 열심히 지켜보았고,

그러고 나서 눈을 치켜떴고,

이읏고 발광이 생겨나고, 빛이 증가하고, 제자리에서 떨고, 움직이고, 태어날 채비를 하고,

내가 뛰어들려는

강물의 잔물결 위에서도 반짝이는 것을 바라보았다.

bonne heure(이른 시간)는 *petit* jour(이른 아침)이다.

매일 밤 새벽이 되기 전에 일어나는 사람들만이 이 점 같은 순간을 알고 있다. 밤은 새벽이 오기 직전에 가라앉는 것이 아니다. 어둠은 꺼진다.

그러고 나서 오로라가 떠오른다.

그러고 나서 태양의 원반이 나타나며 새벽이 시작된다.

느리게, 엄청난 힘으로, 낮이 도래한다.

밤 역시 거리낌 없이, 즉 확실하고 지속적이고 *sponte sua*(자발적으로) 소멸한다.

밤은 해가 떠오르기에 앞서 깜짝 선물surprise을 위해 미리 양보했던 **허공**에 **자리**를 남긴다.

오로라가 새벽으로 변하는 것은 언제나 놀라움surprise이다.

다음은 단계들이다.

모호한 어둠이 갈색 혹은 먹물 색을 띠거나,

칙칙한 회색으로 변하면서,

어렴풋한 흰빛이 사라진 것과 어우러진다.

그때 일종의 간극이 생긴다.

그것은 jour(낮)가 아니라 petit jour(이른 아침)다.

'petit'는 시간에 관여하고 공간은 매우 희끄무레하다.

이 순간은 야생도 길든 것도 아니다.

개와 늑대의 중간*이라는 썩 좋은 표현이 있다. (길든 것과 야생의 중간, 지금과 옛날의 중간, 문명과 자연의 중간, 신석기 시대의 기하학적으로 닫힌 농지와 인류 이전 세계의 모험으로 가득한 열린 숲의 중간.)

무엇인가 발원하는 것이 있는데, 우선 허공에 나타나는 희미한 빛이다. 그것의 등가물을 존재l'Être에서 찾는다면 아마도 연인들의 육체에서 눈에 비치는 무엇, 즉 나체다.

희미함. 신선함. 반짝임. 넓게-퍼지며s'é-tend 지속되는 미세한 도약.

jour가 아닌 petit jour.

새벽 자체보다 앞선 흰빛.

라틴어 alba†는 새벽이라는 말이다.

* 일반적으로 '해 질 녘, 황혼'을 가리킨다.

중세 초기의 수도사들이 보기에 'matin(아침)'이라는 프랑스어 단어는 라틴어 'mane(아침)'에서 유래한 것이 아니라, 자신들이 매일 밤 어김없이 드리는 'matutinae vigiliae(아침 예배)'에서 비롯되었다고 믿는다.

수도사들이 한밤중에 새벽을 부르는 예배를 드리는 것은 새벽이 그들의 요청에 응할 수 있게 하려는 것이다.

하늘 한가운데 잠들어 있는 jour를 깨우는 아침의 matutin(예배).

'중세'에 아침은 태양과 관련되지 않았다.

지금 옛날 단어들을 천천히 써 내려가면서 내가 하려는 말은 시간의 구조가 시간을 초월한다는 사실이 아니다. 단지 인간의 언어 활동에서 비롯되어 발생하는 시간의 괴리가 시간을 초월한다는 점을 환기하고 싶을 뿐이다.

울림은 현재의 것이지만, 공명은 전혀 그렇지 않다.

더 이상 울리는 소리에 반응하지 말고 읽어야 한다. 한없이 공명해야 한다.

심지어 대낮에도 낮을 새벽 속에서 읽어낼 줄 알아야 한다.

† 원래는 흰색을 뜻하지만 희끄무레하게 밝아오는 새벽을 가리킨다.

13

보뇌르 뒤 주르*라는 명칭

보뇌르 뒤 주르는 프랑스의 작고 조붓한 가구를 가리킨다.

네 발은 가늘었다.

토대는 허술했다.

이 자그마한 테이블은 18세기 동안 파리의 시테섬, 좀 더 정확히 강변 동쪽의 마레 지역에서 사용되던 가구였다.

부르주아지 계급이 싹트고 꽃을 피우며 부상하던 시기에 등나무 살로 만든 종 모양의 속치마를 받쳐 입은 여인들은, 귀부인들의 본을 따라 자기들도 등나무 마네킹, 올림머리, 곱슬머리 가발, 실크 리본으로 치장한 가발, 글라디올러스나 백

* bonheur du jour: 직역하면 '하루의 행복'이라는 뜻으로, 18세기에 책상이나 서랍장으로 쓰이던 부인용 가구를 지칭하기도 한다.

합 모양의 치렁치렁한 긴 가발 등을 가지고 다녔고, 학습과 글쓰기에도 열심이었다.

보뇌르 뒤 주르는 1760년대에 엄청난 인기를 누렸다. 유행은 계속되었고, 심지어 혁명기 공포정치 시대에도 기세가 꺾일 줄 몰랐다. 제2제정 시대의 혹독한 식민지 전쟁마저 뛰어넘고, 1870년에 발발한 열한번째 프로이센-프랑스전쟁*에 이르러서야 비로소 기세가 수그러들었다.

그러자 보뇌르 뒤 주르는 프랑스의 다락방으로 올라갔거나, 프랑스를 떠나 뒤늦게 프러시아의 작은 안방에 자리를 차지했다. 그리고 위에 작은 레이스 깔개가 덮였고, 화분이 놓였고, 먼지가 내려앉았다.

마침내 그것은 자취를 감추었다.

세계대전이 일어났다.

참호들이 그것을 사라지게 했다. 혹은 두려움에 매몰되었다. 가구의 명칭까지도. 명칭의 파라다이스까지도.

이 섬세한 가구는 위쪽의 선반과 서랍 달린 탁자로 구성되었다.

가구 위쪽 수평면의 쇠시리에는 받침판 용도의 미닫이 서

* 1870년 에스파냐 국왕 선출 문제로 프랑스가 프로이센과 벌인 전쟁. 1871년, 프로이센이 승리하면서 나폴레옹 3세 제정이 무너지고, 프로이센은 독일 제국을 건설했다.

판(편하게 글을 쓰도록)이 장착되어 있었다. 하지만 실제로 글을 쓰기에는 불편하기 짝이 없었다. 서판으로 확장된 표면이 가구의 용적을 불균형하게 만들었기 때문이다.

글쓰기 용도의 이 탁자는 가느다란 네 발이 몰려 나팔 모양으로 벌어진 탓에 글쓰기에는 적합하게 만들어지지 않았다.

그것은 글쓰기 용도를 가장한 탁자로
온통 상감 세공이 되어 있고,
상아, 흑단, 마호가니로 알록달록하고,
끌로 새기고, 금박을 입히고, 구멍이 뚫린 청동 장식이 있었다.
구멍이 뚫린ajourés* 까닭은 가구에
약간의 오로라, 새벽, 아침, 해, 빛을 분할하기 위함이고,
보다 확실하게,
보다 단순하게,
극도의 허약함을,
죽음을,
드러내기 위함이었다.

* '빛을 들이기 위해 채광창을 낸'이라는 의미를 포함한다.

접이식 혹은 미끄럼 장치가 된 서판 아래로는 가구의 가로대와 다리가 있었고, 두 문 달린 장롱을 열려면 작은 자개단추 두 개를 당기면 되었다.

받았으나 답장할 의사가 없는 우편물이 그 안에 보관되곤 했다.

14

Each day's life
(매일의 삶)

밤의 짤막한 노래들, 오로라의 돌연한 침묵, 새벽의 거침없는 송독誦讀, 인간의 언어로까지 발전하는 낮의 소리들.

하지만 둥근 해가 떠오르기 직전은 침묵의 신비로운 시간이다.

하나의 선으로 수평선이 떠오르기 직전에 일어나는 침묵의 신비로운 카운트다운.

밤의 어둡고 야릇한 기슭은 근원이 없는 빛의 실로 휘감친 세계 너머로 사라졌지만 여전히 그 외관을,

햇빛 드레스의 맨 가장자리를,

시선이 미치는 가장 먼 곳에 우리가 꾸며낸 선을 유지하고 있다.

모든 것의 외관을 드러내는 가느다란 황금빛 선은 동이 트

기 무섭게 모든 것의 준거로 자리한다.

사라지는 어둠을 배경으로 나타나며 움직이는 **생기발랄해 보이는** 가느다란 빛.

17세기 초엽에 롤렌하겐*이 제작한 부조 한 점에는 풍경 안쪽에 원초적 포옹 장면이 보인다. 포옹은 뭐라 설명할 수 없지만 폭력적인 동시에 평온해 보인다. 산 밑에서 암곰 한 마리가 젊은 남자를 발톱으로 움켜쥐고 있는데, 붙잡힌 남자는 곰의 손아귀를 벗어나려고 발버둥 친다. 가장 오래된 신화에서는 야수가 죽음이나 여자로부터 남자를 잡아채는 일이 자주 벌어진다. 젊은 여자는 사랑하는 남자를 죽음에 내팽개치고 뛰어서 계곡으로 도망치고, 버려진 남자는 공포에 휩싸인다. 그는 자신을 강제로 동굴로 데려가 범하려는 암곰을 두 손으로 밀어낸다. 그런데 흘끗 보이는 것은 오히려 전혀 두려움이 느껴지지 않는 포옹이 아닌가? 그들은 맞붙어 싸우고 있는가? 아니 이야기를 하는 듯이 보인다. 울부짖는가? 아니 훨씬 더 부드러운 무슨 말인가를 귓속말로 속삭인다는 느낌이 든다. 그들은 서로 사랑하는가? 그들의 섹스가 요동치는가?

* Gabriel Rollenhagen(1583~1619): 독일의 시인. 상징에 관한 책인 『상징의 핵』을 썼다.

서로 떨어지는가? 맞붙어 꽉 조이는가? 서로 멀어지려고 하는가? 이 장면은 그것을 새기는 손에 가려진 탓에 본성을 알기 어려울 뿐 아니라, 의미를 유추할 수도 없다. 진정한 주제는 구름에서 화원으로 나와 장방형 판의 한복판에 거위 깃털펜의 벼린 끝으로 '가로로' 정확하게 '수평선'을 긋는 손이다. 직사각형을 에워싼 원(판화 전체는 원형이다) 둘레에 대문자로 NULLA DIES SINE LINEA라고 쓰여 있다. 에칭은 가브리엘 롤렌하겐의 『상징의 핵』(파리, 1611)에서 유래했다.* 에칭의 창시자인 동시에 데생 화가이며 판화가인 그가 기이한 이 장면을 통해 제시하고자 한 가르침은 정확하게 이러하다. 즉 쓰이는 것을 보지 못하게 하는 것은 쓰는 행위다. 이미지의 생성이 시야를 가린다. 왜냐하면 우리 책의 진실이란 것이 그러하기 때문이다. 그런데 창조하는 동시에 생겨나는 것을 이중으로 보지 못하게(1. 손 전체가 차폐물이 된다 2. 손이 앞으로 나아가며 페이지에 그림자를 드리우면서 형태들의 윤곽을 드러내고 그림자에 줄무늬가 생기게 한다) 하는 손 주변에 물질적인 어둠과 공간화되는 암흑 주위로 작은 원형의 선이 떠오른다. 원형의 선에는 tondo(조각 원형 판) 식으로 라틴어 네 단어(*Nulla dies sine linea*)가 기입되는데, '선線이 없는 날

* 원래 제목은 『정선된 상징의 핵*Nucleus emble-matum selectissimorum*』이다.

은 하루도 없다'는 의미다. 꿈이 제시하는 무의지적 환영을 부인scotomisation*하지 않는 날은 단 하루도 없다. 이 문장은, 대大플리니우스†의 저서에 기록된 바에 의하면, 아펠레스‡가 그의 예술에 대한 비결을 묻는 한 방문객에게 들려주는 속내 이야기에서도 되풀이된다. "나는 한 줄도 긋지 않고는 단 하루도 보내지 않는 것을 영원한 습관perpetua consuetudino으로 삼았다오."

대플리니우스는 이 일화를 소개하면서 "Nullus dies sine linea"라고 기록했다.

희한하게도 프랑스어 단어 'jour'에 상응하는 라틴어 단어 'dies'는 시간이 흐르면서 여성화되었고,§ 발아하는 빛을 얻었으며, 르네상스의 기운을 받았다(새로운 새벽의 이슬에 젖었다).

Nulla dies sine linea.

* 주체가 겪은 견디기 힘든 일을 망각하는 심리적 방어 메카니즘으로, 의식하고 있는 외부 현실에 대한 무의식적 배제를 의미한다.
† Gaius Plinius Secundus(23~79): 고대 로마의 박물학자, 정치가, 군인으로서 로마제국의 해외 영토 총독을 역임하는 한편, 자연계를 아우르는 『박물지』를 집필했다. 소小플리니우스의 삼촌이다.
‡ Apelles: 기원전 4세기 후반 고대 그리스의 화가.
§ 그런 까닭에 'dies'를 수식하는 형용사가 남성인 'Nullus'에서 여성인 'Nulla'로 바뀌게 된다.

그렇다 해도 어떤 시대에는 인간의 인식에서 jour(빛)가 ligne(선)보다 우세하다는 사실에는 변함이 없다.

'선이 없는 날은 하루도 없다' 그리고 '태양이 떠오르는 수평선(어둠이 물러가고, 꿈의 이미지들이 스러지고, 욕정과 방탕이 억압되는 곳)이 없다면 어떠한 선도 없다'는 것은 다시 말해서 수평선이 없으면 하루도 없다는 말이다. 가시 세계의 끝인 수평선에서 빛이 하루가 된다는 믿음은 우리를 기쁘게 한다.

육신의 고통이 과하면 언제라도 죽음을 선택할 수 있다.

상황을 타개할 여지가 전혀 보이지 않으면 언제라도 죽음을 선택할 수 있다.

모든 희망이 사라졌고, 모든 심지의 불이 꺼졌다면 손으로 목을 졸라 숨을 끊을 수도 있다.

예수는 죽었다. 베드로도 죽었다. 바울도 죽었다.

요한 혼자 살아남고 플리니우스는 숨이 막힌다.

79년 8월, 스타비아에* 해안에서였다. 머리에 두른 토가의 붉은색 끝자락을 엄지와 검지로 거머쥔 채 희고 가벼운 화산

* Stabiae: 고대 로마의 도시. 79년 8월 24일에 시작된 베수비오산의 분화에 의해 다른 세 도시(폼페이, 헤르쿨라네움, 오플론티스)와 함께 사라졌다.

재가 엄청나게 두텁게 쌓인 층에 깔려 있었다.

호라티우스는 공화정 초기에 이렇게 썼다. Mors linea ultima rerum.

죽음, 만물의 최후의 선線.

현현의 마지막 최극단의 경계.

보다 적절하게 이렇게 옮길 수도 있다. 죽음은 기록하고 있는 그것이다, 죽음은 만물이 솟아오르는 선이다.

나는 독자들이 지금 손에 들고 읽는 이 책을 어느 날 쓰기 시작했다. 그 어느 날은 꽃을 따듯이 시간에서 따낸 하루였다.

Carpe diem quam minimum credula postero!

오늘을 잡아채라! 우리가 믿을 수 있는 '내일'은 없다!

이것은 호라티우스의 송가 중 한 행을 인용해 적은 것이다. 이번에는 죽음에 관해 쓴 호라티우스의 다른 '행'을 옮겨보겠다. 전자는 『서정시집』의 여섯번째 송가에서 따온 것이고, 이번 것은 『서간집』 1권의 여섯번째 서한에서 따온 것이다. 그가 위안을 바라며 쓴 편지다. 그의 말이다. "무한한 신은 우리가 그에게 고개를 돌리면 우리를 구원하고자 항상 여기에 존재한다. 그것은 바로 죽음이다. 죽음이야말로 우리가 운명에서 만나야 할 유일한 경계이기 때문이다."

Mors linea ultima rerum.

만물이 멈추는 선.

셰익스피어는 아주 단순하면서도 훌륭하게 이렇게 옮겼다. Death of each day's life!(매일의 삶의 죽음!)

Carpe diem… Mors linea ultima… Nulla dies sine linea… Death of each day's life… 우리는 하루의 선 위에 있다.

그러므로 필멸의 인간에게 죽음은 수중에 지닌 최후의 수단이다.

최악의 순간에는 언제라도 세계 밖으로 나갈 수 있다.

우리는 경계선 혹은 마지막 선을 혼자 넘을 수 있다. 어느 순간일지라도 그런 욕구나 욕망을 느낀다면 말이다.

우리는 손으로 자신의 숨통을 움켜쥐어 하루의 **빛을 끌 수도** 있다.

작가가 **침묵하는** 최후의 선 위에 글을 쓰면 이 선에서 만물이 솟아올라 즉시 (바다로, 어둠으로, 침묵으로, 잉크로, 작품으로, 터무니없이 들끓는 대양으로, 치명적인 출혈의 돌연한 물결로) **흘러든다**.

엄밀한 의미에서 작가란 더 이상 피를 지니지 않은 육신이다.

더 이상 잉크가 없는 만년필과 흡사하다.

침묵 속에서 그는 이미 자신의 그림자다.

자신이 만들어내지만 볼 수 없는 형상을 새기느라 판화 위에서 앞으로 나아가는 롤렌하겐의 손 그림자와 같은 것이다.

최초의 회화였던 붉은 손!

붉은색과 검은색은 손에 쥔 관솔불의 빛으로 더욱 짙어진 어둠을 헤집으며 두 손으로 만들어낸 최초의 두 가지 색이었다.

내벽에 칠해진 손바닥 자국의 핏빛과 방해석에 그림을 그린 꺼진 숯불의 검은색.

이름 있는 자*의 단순화된 매력적인 자태가 그려진 고대 그리스 화병에 보존된 붉은색과 검은색.

이렇게 빛jour과 죽음은 최초의 순간부터 선을 형성했다.

선에는 두 점이 필요하다.

이 점들은 시간과 관련될 때 날짜로 명명된다.

청동 철필의 끝으로 파낸 점이나 깍정이, 그것은 바로 우리 무덤에 덮이는 화강암 묘석에 기입되는 생애 양끝의 날짜다.

jadis(옛날)라는 단어 자체에서 지배적인 단위는 하루다. 하지만 단위 자체에서 떨어져 나온 단위다.

프랑스어 단어 'jadis'는 'jà a dies(이미 하루가 있었다)'로 나뉜다. 즉 jadis는 '그날에 앞서 늘 있는 날(오늘hodie에 앞서

* 고대 그리스 화병에는 대개 오디세우스, 아킬레우스처럼 이름 있는 전사의 모습이 그려져 있다.

이미 있었던 날)'로 정의된다. 따라서 이날('hodie' 가운데 있는 'hoc dies')은 지구 표면에 태양이 비치는 시간 내에 있게 된다.

이날le jour 안에는 '이미 하루un jour가 있었다'라는 말이 있는데, 그 하루는 회귀하는 앞선 하루로서, 그리고 흐르는 시간에 이날을 약속하는 동시에 실재하는 하루le réel에 대한 유일한 지시 대상으로 지칭되는 잠재된 하루로서 그러하다. 'jaadis'는 흐르는 시간의 심층에 지속되는 시간이 있음을 의미한다. 'Déjà il y a eu un Dies(이미 하루가 있었다)'에는 신Dieu이 존재한다.* 유사한 방식으로 꿈은 과거에서 회귀하는 욕망을 다가오는 현실로 밀어내는 점술이다. 마찬가지로 각성 상태의 심리 기능으로는 자신이 욕망하는 바를 전혀 알지 못한다. 환각은 지각의 기초이고, 지각은 환각의 파생물에 지나지 않는다. 제1차세계대전 당시에 전선에 투입된 헝가리 군복 차림의 페렌치는 à Papa,† mon maître(파파에서, 나의 주님)로 시작되는 편지에 이렇게 기술한다. "현재의 연쇄에

* 매우 어려운 이 문장에서 jour('하루, 낮, 빛'을 뜻하는 프랑스어)가 같은 의미의 라틴어 Dies로 대체되었다. 2장의 제목 '낮은 신이다Dies est Dieu'로 미루어 보건대, 키냐르는 '오늘' 안에 이미 선재하는 과거의 '하루'들이 있는 것이 만물에 선재하는 '신'의 존재와 비견할 만하다고 여기고 있다.

† 헝가리의 도시.

삽입된 각각의 요소는 기억의 연쇄 안에 국한됩니다.” 생물학적 기능의 경우도 마찬가지다. 같은 시기에 프로이트는 이렇게 기록했다. “왜냐하면 억압된 것의 귀환은 이전 상태로의 회귀zurück이기 때문이다. 개체 발생은 계통 발생을 되풀이한다. 죽음은 출생을, 출생은 성교를 반복한다.” 이러한 격렬하고 파국적인 세 움직임이 서로 맞물려 서로의 너머로 지속적으로 굴러간다. 도관導管에서 정액이 분출되는 것은 분만으로 아기가 불쑥 나타나는 것과 같고, 그것은 삶이 시신을 흙에 내던지는 것과 같다. 바다가 육지에는 생명을, 대기에는 자연을 내뿜자 생명이 떠올라 빛 속에 퍼졌던 것과 같다. 마찬가지로 유일한 계통 발생적 식습관에 의해 육식동물이 채식동물을 잡아먹고, 채식동물이 자연 식물을 뜯어먹고, 자연 식물이 햇빛을 빨아들인다. 지구상에 순수 형태로 남은 그 유일한 자취는 오직 빛jour뿐이다.

다음은 프로이트의 말이다. “인간은 결코 완전히 태어나지 않는다. 밤에 휴식을 취함으로써 지상에서의 삶 절반을 어머니의 품에 할애한다.”

나머지 절반은 대기권에서 낮의 빛에 노출된 외재성의 삶으로 ‘하룻낮journée’이라 정의된다. 즉 매일의 활기차고 활동적인 변화무쌍한 삶이다.

이런 의미에서 반드시 이 말을 할 필요가 있겠다. '하룻낮'처럼 특별히 '하룻밤nuitée'이라는 것은 없다.

밤은 그저 모든 밤인 반면에, 낮은 *each day*, 즉 매일이 새롭게 태어나는 특이한 날이다.

셰익스피어의 말이다. The death of each day's life.

아주 정확하게 번역해야 한다. 잠은 **매-일-의-삶의 죽음**이다.

15

하루 본연의 열매

1969년 11월, 뤼네빌*의 평원에서 눈 아래로 자욱하게 피어오르는 흰 안개가 보였다. 내가 겨울에 입을 벌리고 숨을 헉헉거리며 단어 하나를 입에 올리기보다 더 빠르게 퍼져나갔다.

안개의 일부, 혹은 발화된 의미보다 더욱 진실한 구름의 일부.

그것은 **하루 본연의 열매**였다.

그날처럼 아름다운.

로렌의 하늘인 말 없는 페이지에서 **진실을 설파하는** 진짜 글자.

* Lunéville: 프랑스 로렌 지방 뫼르트에모젤주에 위치한 도시.

고체 상태의 littera(글자)는 항구적인constante, 동의하는 consentante 상처다. 철필의 뾰족한 끝으로 그어진 것은 무엇이든 흔적에 끼워져 암호화된 외상trauma이다. 그것은 다시 나무껍질에, 사슴 가죽에, 송아지의 독피지(갓 태어난 송아지의 살을 감싼 부드러운 외피)에 새겨진다.

불가사의 앞에서 헤벌어진 입.

게걸스러운, 갈급한, 철저히 침묵하는, 야릇한 단어 'Ouvert'.*

오직 악착스러운, 굶주림에 펄쩍 뛰어오르는, 둥글게 벌리려는 욕망으로 안달하는,

시보다 더욱 수사적인,

꿈의 이미지보다 더욱 매혹적인 입.

뤼네빌 평원 위의 허공에 무심히 쓰인 기이한 글.

예측 불가한.

짐승 같은.

우악스러운.

야성적인.

실재하는.

* '열린, 벌어진'이라는 의미의 프랑스어 형용사.

아직 온기가 남은 둥글게 벌어진 두 입술 사이에서 살아 움직이는, 새하얀, 단순한 글자.

'chaos'라는 그리스어 단어는 벌어지는 입을 가리킨다.

그리스어 'chaos'가 라틴어로 가서 'hiatus'*가 되었다. 프랑스어에서는 'Ouvert'로 변모되었다.

다음은 라틴어로 쓰인 바로의 글이다. "Ab hiatu hiems." [라틴어 세 단어를 로망어로 옮기면 더 긴 문장이 된다. 즉 "Dans l'ouverture de la bouche se trouve le mot hiver(벌어진 입안에 겨울이라는 단어가 있다)."]

공화정 시기의 노석학이 말하려는 바는 이러하다. '추위 속에서 벌어지는 입가에 겨울이라는 말은 발화되기도 전에 글자로 더 빠르게 쓰인다.'

결별adieu은

단일성이 아닌 두 성性으로 나뉜 제조물인,

연속성이라고는 성의 차이뿐인 세 개의 세계†를 지닌 건축물인,

사람에게만 있다.

* '벌림, 열림, 갈망'을 뜻하는 남성형 명사.

† 세 개의 세계trois mondes란 열리는 세계, 닫히는 세계, 열림과 닫힘이 없는 시간의 세계가 아닐까 짐작해본다.

제 것이 아닌 성기를 미친 듯이 드나드는 성기는,
강박적 의미 부여가 부재하는 기호와 같은 것이고,
결코 이해 불가한 타인의 기호와 같은 것이다.

하지만 시간의 기저에는 '결별'이 없다. 그것은 끊임없이 열린다. 그것은 출생 같은 것이다.

아테네를 빠져나가는 아리스토텔레스. 기원전 323년 여름이다. 알렉산드로스대왕이 죽자 아테네 도시국가는 반란을 일으켰다. 아리스토텔레스는 소크라테스처럼 불경죄로 기소되었다. 아리스토텔레스, 아내 헤르필리스, 아들 니코마쿠스, 딸 피티아스, 이들 모두가 철학자의 거대한 도서관을 위시한 일체를 버린 채 서둘러 배를 타고 에비아섬*으로 가서 어머니의 소유지로 피신한다.

칼키스†에 있는 어머니의 저택에서 늙어가는 아리스토텔레스가 한 말이다. "정치에 관해 내가 쓴 책들은 잊어라! 도시에서 떠나라!"

그는 고르기아스‡의 다음 말도 되뇌고는 했다. "미간을 찌

* Euboea: 에게해의 섬.

† Khalkis: 아테네 북쪽에서 56킬로미터 되는 지점인 에비아섬의 서해안 중앙부에 있다.

‡ Gorgias(기원전 483?~기원전 375?): 고대 그리스의 소피스트 철학자.

푸려봐야 소용없다. 눈은 소리를 보지 못한다. 봄에 개화하는 꽃들 가까이 쫑그린 귀를 갖다 대봐야 소용없다. 청각은 아네모네의 어두운 색과 촉촉하게 젖은 싱싱한 장미의 보드라운 꽃잎이 풍기는 향기를 듣지 못한다. 고함을 질러도 소용없을 것이다. 허공에서 손으로 뭔가를 잡아 쌓을 수는 없을 테니까."

16

가을 낙엽 더미를 태우는 불에 대하여

상스를 지나 흐르는 욘이라 명명된 강에는
매년 가을이 막바지에 이르면
강변에
죽은 나뭇잎들feuilles d'arbres과
그해에 출간된 내 육필 원고 용지들feuilles de manuscrits이
모조리 쌓인 커다란 더미가 생겨나고,
차가운 대기 속에서 나는 그것을 태운다.

가을마다 느끼는 내 큰 기쁨 중의 하나는
짧아진 시간이,
낮게 내려앉은 하늘이,
더 축축하고 더 묵직해진 이불을 덮게 되는 길어진 밤들이,

이끼 낀, 미끌미끌한, 위험한, 젖은 정원의 계단들이,

낚시꾼의 장화 밑바닥에 무겁게 들러붙어 진창에 빠뜨리고, 흙탕물을 튀기고, 질척거리는 검은 흙이,

고무 재질의 나막신이,

귀환하는 풍경으로

마음과 시선이 쏠릴 즈음에,

욘강 가를 따라,

강기슭에서,

강가에 매인

바닥이 평평한 배 맞은편에서,

추위 속에서,

떨어진 낙엽들, 검은 글씨가 빼곡한 종이들, 빨강과 검정과 파랑으로 표시된 더럽혀진 원고들, 흑백 혹은 칼라 소묘가 있거나 엉망으로 채색된 종이들이 타는 거대한 불길을

지피고 바라보고 느끼고 관조하면서,

갈퀴 끝으로

불씨를 돋우는 일이다.

황량하고 평퍼짐한 둑 위에서,

차츰 사그라지며 가운데로 집중되고,

마치 오톨도톨하고 기복이 있고 흰 포말이 일고 흠집이 난,

회색빛이 도는,
냄새나고 거무뎅뎅한,
크레이프* 굽는 고물 프라이팬처럼,
점점 더 거무스레하고 낮아지고 맵싸해지는 불길을 바라보는 일이다.
그해에 나무들에서 떨어져 검게 탄 잎사귀들의 남은 형체가 춤을 춘다.
그해에 출간된 책들의 원고들이 모조리 재가 되어 너울너울 춤을 춘다.

한없는, 비할 바 없는, 말할 수 없는 또 다른 기쁨은
'드러난 모습에서 빠져나가기',
육신에 밀착된 영혼에서 불현듯 몇 시간 떠나 있기,
땀이 밴 양손에 움켜쥔 갈퀴의 살로 힘주지 말고 계속해서
죽은, 기름진, 물기와 흙을 잔뜩 머금은, 끈적끈적한, 묵직한, 번거로운,
가을비가 내릴 때마다 들러붙은
낙엽들을 밀어넣는,
오로지 축축한 얼굴로 변하기다.

* 밀가루, 우유, 달걀을 반죽해 넓적하게 부친 부침개.

잉걸불 속에, 사이에, 밑에 낙엽들을 재차 파묻으면 불길에서 연기가 치솟으며 '슈우' 소리가 나고, '따닥따닥' 소리를 내며 타다가 꺼지고 만다.

검은 낙엽들은
불을,
진정시킬 수 없는 불길을,
끄는 척할 뿐이라서,
놀라운, 아찔한, 풍미 있는, 소용돌이치는 냄새를 증가시키고,
불길이 허공에 짓는 형태의 존재, 그리고
바르셀로나를 굽어보는 조비우스산 정상에서 성녀 에울랄리아의 영혼처럼
제자리에서 선회하는 정체 모를 하얀 허울의
조밀한 존재를 확장시킨다.
그것은
욘강의 기슭에서,
기원이 그랬듯이,
하늘을 향해,
날아간다.

혹은 그것은 검은 영靈으로, 새까만 재가 되어
흩날리다가,
쇠스랑 끝에,
상스의 지옥에,
아벨라르*의 지옥에,
아무튼 지옥에,
내려앉는다.

어느 날 아침,
2013년 11월 3일이었다.
나는 욘강의 기슭에서 나머지 낙엽들과 노란 디자인 셔츠들과 이미지들과 누런 봉투들과 잡지에서 오려낸 지면들과 책들을 갈퀴로 긁어모아 태우고 있었다.
잠자리 한 마리가 날아와, 황폐하다 못해 심지어
이파리마저 돌돌 말려버린
박하나무 언덕 옆에 웅크리고 있는 들쑥날쑥한 작은 무더기 위에서 빙빙 돌았다.
잠자리는 (부산스레, 윙윙거리며) 한 바퀴, 두 바퀴를 돌았

* Pierre Abélard(1079~1142): 중세 프랑스를 대표하는 철학자이자 신학자. 제자이며 후에 수녀가 되는 엘로이즈와의 사랑으로도 유명하다.

다. 그러고 나서 다시 크게 돌았다. 날갯짓이며 회전 범위가 어찌나 넓은지 나는 잠자리가 날아가버린 줄 알았다.

하지만 이끼에 햇빛이 비쳐 생긴 초라한 반점 위에 갑자기 내려앉았다.

청둥오리 머리처럼 녹색과 청색의 날개를 지닌 잠자리 아가씨는 꼼짝달싹도 하지 않았다.

강기슭에서 타는 낙엽 더미를 바라볼 뿐이었다.

좋은 냄새가 났다. 잠자리는 퍼지는 열기를 좋아하는 듯했다. 아직 타버리지 않은 잉걸불의 중심을 바라보고 있었다.

오 죽어가며 타오르는 태양처럼 타면서 죽어가는 낙엽의 경이로운 냄새여!

태양은

더 먼 곳에서,

태양년의 막바지에,

햇빛을 반사하고 약화시키고 일그러뜨리는 물에 비친 반영과 더 이상 구분되지 않을 정도로 하늘 공간에서 여전히 더욱 낮게 내려앉아

죽어가는구나!

강기슭에서 요지부동의 연기가 일직선으로 곧게 피어오른다.

마치 봄을 맞은 청춘기의 남성 성기의 기억처럼,

마치 한 방울씩 자라는 하얀 방해석처럼,

마치 회색 하늘을 향해 멈추어 선 분필처럼.

그것은 경이로운 색으로, 톡톡 튀는 분말 같은 흰빛이 노르망디 해안 절벽의 부서지는 백악의 흰빛에 푸른빛이 섞여드는 색과 완전히 흡사하다.

그것은 비길 데 없이 짙고 습한 향기로, 불이 붙어 급작스레 치솟는 불길보다 더 빠르게 배어들어 사라진다.

강기슭에서 일어나는 냄새와 지글거리는 둔탁한 소리의 순수한 사건.

몇 시간씩 계속되는 유일한 순간으로,

고양이들이 와서 보고,

티티새들이 날아와 살피고,

백조들이 다가와 뜯어본다.

다람쥐들 역시 두렵고 불안하고 열에 들뜬 기색으로 바들거리며 세심하게 주의를 기울이고,

박쥐들은 더 나지막한 빛 속에서 스스로 대기에 퍼뜨린 기묘한 파장을 뒤쫓으며 열기(거의 수증기)를 지켜본다.

그러고 나서 흩날리는 석탄재 한가운데로,

어둠보다 더 캄캄한 칠흑의 섬광처럼,

밤이, 점증하는 고통을 수반하고, 갈지자로 비틀거리며 찾

아든다.

아마도 겨울로부터 몸을 덥히기 위해서리라.

오, 불가로 다가오는 자그만 회색빛 개구리여,

너는, 백발이 성성한 베드로처럼, 포유동물의 작은 발을 녹이러 오는구나.

베드로는 아름다운 성채 도시 예루살렘에서 흰색 튜닉에 감싸인 두 다리를 바들바들 떨며 성기가 얼어붙은 채 한나스*의 마당에 놓인 화로 위로 두 손을 내밀어 불을 쪼였다.

닭이 울 때까지.

그리고 눈물을 흘린다.

나는 이 시기를 살았으므로 행복하다. 이 시대는 내게 잘 맞았다.

내 어머니의 흔들리는 비좁고 답답한 배 속에서

나는 새벽처럼 아름다운 것을 알게 되는 날이 오리라고는 생각하지 못했다.

그런 날은 왔지만, 태어나던 끔찍한 날에는 아무런 상상조차 하지 못했다.

* 결박된 예수가 끌려간 곳이 대사제 한나스의 집 안뜰이었다.

어둠이 내리기 전에
네 몫의 햇빛을 뜯도록 하라

이 책은 'Carpe Diem'에 관한 파스칼 키냐르의 성찰을 담고 있다. 이 라틴어 문장의 의미는 흔히 '이날을 따라, 뽑아라, 잡아채라' 혹은 '오늘을 즐겨라, 현재를 즐겨라'로 알려져 있다. 기원전 1세기 고대 로마의 시인 호라티우스가 한 이 말은 끊임없이 회자되다가 영화 「죽은 시인의 사회Dead Poets Society」*를 계기로 급속하게 퍼졌다. 이제는 모르는 사람이 거의 없을 정도로 우리의 뇌리에 뿌리를 내렸다.

그런데 키냐르가 새삼 진지하게 질문한다. "왜 이날을 따려

* 1989년에 제작된 피터 위어 감독의 미국 영화. 명문 사립 아카데미에 부임한 영어교사 키팅은 미래(대학 입시, 좋은 직장)를 위해 현재의 삶(학창 시절의 낭만과 즐거움)을 포기하는 학생들에게 'Carpe Diem'이라는 말로써 이 순간이 확실하고 중요한 시간임을 일깨우며 자유와 낭만을 가르친다.

고 하는지요? 지나가는 순간을 더 충실하게 사는 것이 잇따르는 시간들 내부에서 그 순간을 잡아채는 것보다 낫지 않을까요?"(12쪽) 우선 문맥을 알기 위해 이 말의 출처인 호라티우스의 『서정시집』 1권 열한번째 송가를 살펴볼 필요가 있겠다.

> 묻지 마라, 아는 것이 불경이라. 나나 그대에게,
> 레우코노에여, 생의 마지막이 언제일지 바빌론의
> 점성술에 묻지 마라. 뭐든 견디는 게 얼마나 좋으냐.
> 유피테르가 겨울을 몇 번 더 내주든, 바위에 부서지는
> 튀레눔 바다를 막아선 이번 겨울이 끝이든, 그러려니.
> 현명한 생각을. 술을 내려라. 짧은 우리네 인생에
> 긴 욕심일랑 잘라내라. 말하는 새에도 시새운
> 세월은 흘러갔다. 내일은 믿지 마라. 오늘을 즐겨라.
> —호라티우스, 「묻지 마라, 아는 것이」 중*

마지막 행의 "오늘을 즐겨라"가 바로 'Carpe Diem'을 옮긴 것이다. 번역에서는 출발어(라틴어)가 도착어(각 나라의 언어)로 옮겨지는 과정에서 어느 정도 의미의 변형이 일어나고, 그것이 고착될 가능성이 있다. 비단 언어의 이질성 때문

* 호라티우스, 『카르페 디엠』, 김남우 옮김(민음사, 2016), 33쪽.

만은 아니다. 가령 '꽃을 자르기'와 같은 동일한 행위의 의미가 다양한 사회에서 제가끔 다르게 받아들여지기 때문이기도 하다.

'Carpe Diem'이라는 문장은 라틴어 동사 'carpe'('carpo'의 명령형)와 라틴어 명사 'diem'('dies'의 목적격)으로 구성된다. 'carpe'의 사전적 의미는 '따다, (꽃을) 꺾다, (낫 따위로) 베다, 잘라내다, 뽑아내다'이다. 'diem'의 사전적 의미는 '날, 낮'이다. 널리 알려진 영어 번역으로는 'Seize the day' 'Pluck the day'가 있고, 우리말 번역으로는 위에서 보듯이 '오늘/현재를 즐겨라' 혹은 '이날을 따라/잡아채라'가 있다.

우선 동사 '~하라'에 해당하는 'carpe'에 대하여 키냐르는 이 책의 3분의 1을 차지하는 1장 「꽃들을 죽이기」에서 자신의 생각을 펼쳐 보인다. '일본에서 꽃을 따기란 무엇인가?' '고대 그리스에서 사화집詞華集을 제작하기란 무엇인가?' '로마에서 죽은 자들을 인용하기란 무엇인가?'를 차례로 설명한다.

가령 일본 사회에서 '꽃을 따기/자르기'는 '제물을 바치기'라는 의미를 지닌다.(13쪽) 갓 피어나 생명이 뭉클하게 느껴지는 꽃을 잘라 도코노마(벽감)에 꽂아 조상에게 봉헌하는데, 그것은 생명을 잃은 조상에게 가장 필요한 생기를 부여하려는 제식이다. 그러므로 잘린 꽃은 오래 지속될 필요가 없으며, 꽃을 자르는 사람에게도 현재를 산다는 것은 전혀 문제가 되지 않는다. 주목할 것은 '너무 이르게' 잘리는 꽃이 봄과 불가분의 관계이므로, 그것은 곧 '봄을 말살하기'인 동시에 '시간을 죽이기'라는 사실이다. 그러므로 호라티우스가 위의 송가에서 기술한 바도 결코 살아가는 방식이 아니라 죽이는 방식이라고 키냐르는 지적한다.(13쪽) 그는 'carpe'가 '자르다, 베다, 꺾다'라는 폭력적 행위보다는, '따다cueillir'에 가깝고, '따다'보다는 오히려 '풀을 뜯다paître, brouter'에 더 가깝다고 하면서 이렇게 단언한다.

> 라틴어 'Carpe diem'이라는 표현은 '너의 하룻낮을 베어라'보다는 '낮의 매 순간을 조금씩 풀을 뜯듯이 천천히 뜯고 잘게 빻아 씹어라'라는 뜻으로 이해해야 합니다.
>
> 거의 이런 말입니다. '어둠이 내리기 전에 네 몫의 햇빛을 뜯도록 하라.'(22쪽)

목적어인 '~을'에 해당하는 'diem'에 대한 논의는 2장에서부터 마지막 16장까지 진행된다. 앞의 인용문에서 보듯이 키냐르의 답(하룻낮, 햇빛)은 이미 나와 있으므로 그 논리를 따라가보기로 하자.

기존의 번역에서는 'diem'을 일반적으로 '이날을, 하루를, 오늘을, 현재를' 등으로 옮기고 있다. 도착어가 영어나 프랑스어일 경우에는 사실 별 문제가 없다. 영어의 'day(하루, 낮)'와 프랑스어의 'jour(하루, 낮, 빛)'가 라틴어 'dies(하루, 낮)'와 호환이 가능하기 때문이다. 하지만 우리말에는 '하루, 낮'은 물론 프랑스어 'jour'처럼 '빛'까지 아우르는 하나의 단어가 없다. 문맥을 더듬어서 그중 가장 적합한 의미를 지닌 어느 단어로 바꾸어야 한다. 호라티우스의 시를 옮긴 김남우는 '오늘'로 옮기고, 키냐르는 보다 정확을 기해 '하룻낮' 혹은 '햇빛'을 제안한다.

키냐르의 논리는 (하루) → 낮jour → 하룻낮journée → 빛lumière으로 진행된다. 기존 번역과의 두드러진 차이는 지금까지 'diem'의 일반적인 역어가 '하루, 오늘'이라면, 키냐르는 하루에서 '밤'을 제외하고 오직 '낮'만으로 제한한다는 점이다. 시간상으로 24시간이 12시간으로 축소된다. 또한 '낮'이라는 단어보다는 '지속'의 의미가 강조된 '하룻낮'이라는 단어를 선호한다. '밤'을 제외하는 이유로는 "인간은 결코 완전히 태어나지 않는다. 밤에 휴식을 취함으로써 지상에서의 삶 절반을 어머니의 품에 할애한다"라는 지크문트 프로이트의 논거를 제시하면서 이렇게 덧붙인다.

> 나머지 절반은 대기권에서 낮의 빛에 노출된 외재성의 삶으로 '하룻낮journée'이라 정의된다. 즉 매일의 활기차고 활동적

인 변화무쌍한 삶이다.(154쪽)

빛이 사라진 하루의 반은 밤이다. 출생으로 대기권의 삶에 던져진 우리는 밤에 태아처럼 몸을 구부리고 잠을 잔다. 밤은 우리에게 '제2의 자궁'으로 기능한다. 키냐르의 용어로 바꾸어 말하면 밤은 우리가 '마지막 왕국(출생 이후의 삶)'에서 '최초의 왕국(출생 이전의 삶)'을 답습하는 시간이다. 즉 우리가 두 왕국에 양다리를 걸치는 시간이다. 하루에서 낮만이 오롯이 대기권의 삶에 속한다.

낮은, 보다 적확하게 하룻낮은 "잠에서 깨어난 주행성晝行性 동물들의 시선에 명확한 지각이 가능한 동안의 시간이며, 잎을 활짝 펼쳐 햇빛을 흡수하는 식물들에게 영양이 공급되는 동안의 시간"으로, 새벽에 앞선 오로라의 마지막 순간부터 저녁이 시작되는 일몰까지, 달이 질 때부터 다시 뜰 때까지의 대략 열두 시간이다.(87쪽) 오로라의 '발단', 황혼의 '초과분', 야릇한 끝마무리 특유의 어스름한 빛은 낮에 포함되지 않는다. 이처럼 하룻낮은 밤과 밤 사이에 빛을 퍼뜨리는 무엇이다. 그 (햇)빛은 "하늘에 핀 일종의 꽃"이다.(113쪽)

그러므로 하룻낮과 (햇)빛은 동일한 의미로 읽어도 무방하다. 라틴어로 쓰인 'Pater Noster(주기도문)'에 관해서도 키냐르는 '천상의 빛'에 대한 오마주를 이어간다. 'Da nobis hodie(우리에게 오늘을 주소서)'를 '우리에게 낮을 하나 더 주소서'라고 고쳐 읽는다.

> 온전한 낮. 오직 하나의 낮.
>
> 우리에게 하루의 정수를 주소서. 아침부터 밤까지의 지속시간을 한 번 더 주옵소서.
>
> 하루의 하룻낮을 통째로 다시 한번 살기, 그것이 나의 기도다. 단 하나의 기도다.
>
> 그저 하나의 낮을 살기.
>
> 낮의 행복을 다시 누리기.
>
> 지상에서 빛이 지속되는 대략 열두 시간을 다시 보내기 (103~104쪽)

이 책을 번역하면서 나는 한 가지 사실을 발견하고 놀란다. 텍스트의 흐름을 툭툭 끊으며 나타나는 키냐르의 별표(*)들이 없기 때문이다. 별표는 그의 글쓰기가 『은밀한 생』 이후로 몽테뉴의 『수상록』처럼 단장 형식으로 바뀌면서 나타난 것인데, 웬일인지 유독 이 책에서는 보이지 않는다. 1장은 강연을 녹취한 것이고, 2장부터 16장 사이의 아주 짧은 장은 그렇다 하더라도 나머지 장에서도 별표가 사라진 것은 이례적이다.

텍스트에 구멍을 내듯이 키냐르가 찍는 별표들은 "물개들이 호흡을 위해 두터운 얼음 층에 뚫어놓는 구멍"* 같은 것이다. 나는 그것이 마지막 왕국에서 최초의 왕국과 소통하려는 작가 자신의 '숨구멍의 은유'라고 (멋대로) 굳게 믿어왔다. 그는 마지막 왕국이 그지없이 불편해서 최초의 왕국을 향한 미련과 그리움을 끊임없이 토로하는 작가가 아닌가. 두 왕국 사이에 뚫린 숨구멍이 일시적으로나마 사라진 것은 마지막 왕국에서 숨쉬기가 그만큼 편해졌기 때문이 아닐까 짐작해 본다.

> 빛 속에서 '하룻낮'을 (삶에서 매우 뒤늦게) 만나기란 멜랑콜리 그 자체다. 빛의 끝에 이르는 것이기 때문이다.(114쪽)

이 책이 출간된 2017년에 그는 일흔 살을 바라보고 있었다. 지상의 "삶에서 매우 뒤늦게" 그는 "천상의 꽃"의 아름다움에 흠뻑 취해 있다. 빛의 끝에 곧 이르게 될 것이므로 못내 아쉽지만, 그럼에도 최초의 왕국에는 없는, 오직 마지막 왕국에만 있는 하룻낮의 햇빛을 뜯으며 "지속 상태의 기쁨"(135쪽)인 행복을 느끼는 듯하다. 어느 가을 아침 욘강 기슭에서 낙엽을 태우며 그는 이렇게 술회한다.

* 파스칼 키냐르, 『은밀한 생』, 송의경 옮김(문학과지성사, 2001), 24쪽.

나는 이 시기를 살았으므로 행복하다. 이 시대는 내게 잘 맞았다.

내 어머니의 흔들리는 비좁고 답답한 배 속에서

나는 새벽처럼 아름다운 것을 알게 되는 날이 오리라고는 생각하지 못했다.(168쪽)

번역자는 번역자이기 이전에 한 사람의 독자다. 키냐르는 책 읽기를 "자신의 정체성을 잃고 책 속의 다른 (저자의) 정체성과 결합하는 경험", 즉 "한 사람이 다른 정체성 속으로 들어가 태아처럼 그 안에 자리 잡는 행위"*라고 정의했다. 이 책을 옮기는 동안 나는 독자로서 저자의 정체성에 편입되어 그가 느끼는 행복을 공유했다. 키냐르 번역자라는 사실이 새삼 행복하다.

* 파스칼 키냐르, 「키냐르와의 대담」, 『떠도는 그림자들』, 송의경 옮김(문학과지성사, 2003), 235쪽.

작가 연보

1948 4월 23일 프랑스 노르망디의 베르뇌유쉬르아브르(외르)에서 출생하다. 음악가 집안 출신의 아버지와 언어학자 집안 출신의 어머니 사이에서 태어난 그는 자연스럽게 식탁에서 오가는 여러 언어(프랑스어, 독일어, 영어, 라틴어, 그리스어)를 습득하고, 여러 악기(피아노, 오르간, 비올라, 바이올린, 첼로)를 익히면서 자란다.

1949 18개월 된 어린 키냐르는 여러 언어를 사용하는 집안 분위기에서 기인한 혼란 때문에 자폐증 증세를 보이며 언어 습득과 먹기를 거부한다.

1950 1958년까지 르아브르에서 보낸다. 형제자매들과 어울리지 못하고 늘 외따로 지내기를 즐긴다.

1965 다시 한번 자폐증을 앓는다. 이를 계기로 작가로서의 소명을 깨닫는다.

1966 세브르고등학교를 거쳐 낭테르대학교에 진학한다. 에마뉘엘 레비나스의 지도 아래 '앙리 베르그송의 사상에 나타난 언어의 위상'이라는 제목의 논문을 계획하지만, 68혁명을 거치면서 대학교수가 되려는 꿈을 접고 논문을 포기한다.

1968 가업인 파이프오르간 주자가 되기로 마음먹는다. 아침에는 오르간을 연주하고 오후에는 16세기 프랑스 시인인 모리스 세브의 『델리*Délie*』에 관한 에세이를 쓴다. 원고를 갈리마르 출판사에 보내자 키냐르가 존경하는 작가 루이르네 데포레가 답장을 보내온다. 그의 소개로 잡지 『레페메르*L'Ephémère*』에 참여한다.

1969 결혼을 한다. 뱅센대학교와 사회과학고등연구원EHESS에서 잠시 고대 프랑스어를 가르치며 첫 작품 『말더듬는 존재*L'être du balbutiement*』를 출간한다. 이후 확실한 시기는 알려진 바 없으나 아버지가 되면서 이혼한다.

1976 갈리마르 출판사에서 편집자와 원고 심사위원 일을 맡는다. 1989년에는 출간 도서 선정 심의위원

으로 임명되고, 1990년에는 출판 실무 책임자로 승진하여 1994년까지 업무를 계속한다.

1980 『카루스*Carus*』로 '비평가상'을 받는다.

1985 『소론집*Petits traités*』으로 '문인협회 특별상'을 받는다.

1987 『뷔르템베르크의 살롱*Le salon du Wurtemberg*』으로 벨기에에서 '주목할 만한 작품상'을 받는다.

1987 1992년까지 '베르사유바로크음악센터'의 임원으로 활동한다.

1991 작품 전반에 대한 공로로 '프랑스 언어상'을 받는다. 소설 『세상의 모든 아침*Tous les matins du monde*』을 출간하고, 직접 시나리오로 각색하여 알랭 코르노 감독과 함께 영화로 만든다. 소설과 영화 모두 대성공을 거둔다.

1992 고음악 연주가 조르디 사발과 더불어 '콩세르 데 나시옹Concert des Nations'을 주재한다. 미테랑 전 대통령과 함께 '베르사유 바로크 페스티벌'을 창설하지만 1년밖에 지속하지 못한다.

1994 집필에만 열중하기 위해 모든 공직에서 사임하고 세상의 여백으로 물러나 은둔자가 된다.

1996 갑작스러운 출혈로 응급실에 실려갔다가 죽음의

문턱에서 가까스로 귀환한다. 이 경험을 전환점으로 그의 글쓰기가 크게 변화한다. 건강이 회복되자 일본과 중국을 여행한다. 특히 장자의 고향인 허난성 방문의 기억과 도가 사상의 영향이 집필 중이던 『은밀한 생*Vie secrète*』에 반영된다.

1998 새로운 글쓰기의 첫 결과물인 『은밀한 생』이 출간되고, '문인협회 춘계 대상'을 받는다.

2000 『로마의 테라스*Terrasse à Rome*』가 출간되고, 이 소설로 '아카데미 프랑세즈 소설 대상'과 '모나코 피에르 국왕상'을 동시에 받는다. 이후 1년 6개월간 심한 쇠약 증세에 시달리면서, 연작으로 기획된 '마지막 왕국Dernier royaume' 시리즈의 집필에 들어간다.

2001 부친이 별세한다. 아버지에게서 물려받은 성(사회에 편입된 존재의 표지)으로 인한 부담과 아버지의 기대 어린 시선에서 풀려나 자신이 자유로워졌다고 느낀다.

2002 '마지막 왕국 시리즈'의 제1, 2, 3권에 해당하는 『떠도는 그림자들*Les ombres errantes*』 『옛날에 대하여*Sur le jadis*』 『심연들*Abîmes*』을 동시에 출간하고 '공쿠르상'을 받는다.

2004 7월 10~17일까지 프랑스 노르망디에 위치한 스리지라살의 국제 문화 센터에서 키냐르에 관한 첫 번째 국제학술회의가 개최된다.

2006 『빌라 아말리아*Villa Amalia*』로 '장 지오노 상'을 받는다.

2008 『빌라 아말리아』가 브누아 자코의 연출로 영화로 만들어져 개봉한다.

2013 4월 29~30일 이틀간 키냐르의 고향인 르아브르Le Havre에서 '파스칼 키냐르의 장소들'을 주제로 학술대회가 열린다.

2014 7월 9~16일, 2004년 이후 10년 만에 스리지라살 국제 문화 센터에서 키냐르에 관한 두번째 국제학술회의가 열린다.

2017 『눈물들*Les Larmes*』로 '앙드레 지드 상'을 받는다. 『하룻낮의 행복』을 출간한다.

2018 『우리가 사랑했던 정원에서*Dans ce jardin qu'on aimait*』로 도빌시 '책과 음악상'을 받는다.

작품 목록

Petits traités, tomes I à VIII(Adrien Maeght, 1990).

Dernier royaume, tomes I à XI :

Les ombres errantes, Dernier royaume I(Grasset, 2002)

『떠도는 그림자들』, 송의경 옮김(문학과지성사, 2003).

Sur le jadis, Dernier royaume II(Grasset, 2002)

『옛날에 대하여』, 송의경 옮김(문학과지성사, 2010).

Abîmes, Dernier royaume III(Grasset, 2002)

『심연들』, 류재화 옮김(문학과지성사, 2010).

Les paradisiaques, Dernier royaume IV(Grasset, 2005).

Sordidissimes, Dernier royaume V(Grasset, 2005).

La barque silencieuse, Dernier royaume VI(Seuil, 2009).

Les désarçonnés, Dernier royaume VII(Grasset, 2012).
Vie secrète, Dernier royaume VIII(Gallimard, 1998)
『은밀한 생』, 송의경 옮김(문학과지성사, 2001).
Mourir de penser, Dernier royaume IX(Grasset, 2014).
L'enfant d'Ingolstadt, Dernier royaume X(Grasset, 2018).
L'Homme aux trois lettres, Dernier Royaume XI(Grasset, 2020).

L'être du balbutiement(Mercure de France, 1969).
Alexandra de Lycophron(Mercure de France, 1971).
La parole de la Délie(Mercure de France, 1974).
Michel Deguy(Seghers, 1975).
Écho, suivi d'Épistole d'Alexandroy(Le Collet de Buffle, 1975).
Sang(Orange Export Ldt., 1976).
Le lecteur(Gallimard, 1976).
Hiems(Orange Export Ldt., 1977).
Sarx(Maeght, 1977).
Les mots de la terre, de la peur, et du sol(Clivages, 1978).
Inter Aerias Fagos(Orange Export Ldt., 1979).
Sur le défaut de terre(Clivages, 1979).
Carus(Gallimard, 1979).

Le secret du domaine(Éd. de l'Amitié, 1980).
Les tablettes de buis d'Apronenia Avitia(Gallimard, 1984).
Le vœu de silence(Fata Morgana, 1985).
Une gêne technique à l'égard des fragments(Fata Morgana, 1986).
Ethelrude et Wolframm(Claude Blaizot, 1986).
Le salon du Wurtemberg(Gallimard, 1986).
La leçon de musique(Hachette, 1987).
Les escaliers de Chambord(Gallimard, 1989).
Albucius(P. O. L, 1990).
Kong Souen-long, sur le doigt qui montre cela(Michel Chandeigne, 1990).
La raison(Le Promeneur, 1990).
Georges de la tour(Éd. Flohic, 1991).
Tous les matins du monde(Gallimard, 1991)
『세상의 모든 아침』, 류재화 옮김(문학과지성사, 2013).
La frontière(Éd. Chandeigne, 1992).
Le nom sur le bout de la langue(P. O. L, 1993)
『혀끝에서 맴도는 이름』, 송의경 옮김(문학과지성사, 2005).
L'occupation américaine(Seuil, 1994).

Les septante(Patrice Trigano, 1994).

L'amour conjugal(Patrice Trigano, 1994).

Le sexe et l'effroi(Gallimard, 1994)

『섹스와 공포』, 송의경 옮김(문학과지성사, 2007).

La nuit et le silence(Éd. Flohic, 1995).

Rhétorique spéculative(Calmann-Lévy, 1995).

La haine de la musique(Calmann-Lévy, 1996)

『음악 혐오』, 김유진 옮김(프란츠, 2017).

Terrasse à Rome(Gallimard, 2000)

『로마의 테라스』, 송의경 옮김(문학과지성사, 2002).

Pascal Quignard, le solitaire, avec Chantal Lapeyre Desmaison(Flohic, 2001).

Tondo, avec Pierre Skira(Flammarion, 2002).

Inter Aerias Fagos, avec Valerio Adami(Galilée, 2005).

Écrits de l'éphémère(Galilée, 2005).

Pour trouver les enfers(Galilée, 2005).

Villa Amalia(Gallimard, 2006)

『빌라 아말리아』, 송의경 옮김(문학과지성사, 2012).

L'enfant au visage couleur de la mort(Galilée, 2006).

Triomphe du temps(Galilée, 2006).

Requiem, avec Leonardo Cremonini(Galilée, 2006).

Le petit Cupidon(Galilée, 2006).

Ethelrude et Wolframm(Galilée, 2006).

Quartier de la transportation, avec Jean-Paul Marcheschi(Éd. du Rouergue, 2006).

Cécile Reims grave Hans Bellmer(Cercle d'art, 2006).

La nuit sexuelle(Flammarion, 2007).

Boutès(Galilée, 2008)

『부테스』, 송의경 옮김(문학과지성사, 2017).

Lycophron et Zétès(Gallimard, 2010).

Medea(Éditions Ritournelles, 2011).

Les solidarité mystérieuses(Gallimard, 2011)

『신비한 결속』, 송의경 옮김(문학과지성사, 2015).

Sur le désir de se jeter à l'eau, avec Irène Fenoglio(Presses Sorbonne Nouvelle, collection Archives, 2011).

L'origine de la danse(Galilée, 2013).

Leçons de solfège et de piano(Arléa, 2013).

La suite des chats et des ânes, avec Mireille Calle-Gruber(Presses Sorbonne nouvelle, collection Archives, 2013).

Sur l'image qui manque à nos jours(Arléa, 2014).

Critique du jugement(Galilée, 2015).

Princesse vieille reine, Cinq contes(Galilée, 2015).